活寶

烏龍院 精彩大長篇

7

漫畫 敖幼祥

人物介紹

烏龍大師兄

體力武功過人的大師兄，最喜歡美女，平常愚魯但緊急時刻特別靈光。

大頭胖師父

菩薩臉孔的大頭胖師父，笑口常開，足智多謀。

烏龍小師弟

鬼靈精怪的小師弟，遇事都能冷靜對應，很受女孩子喜愛。

長眉大師父

大師父面惡心善，不但武功蓋世內力深厚，而且還直覺奇準喔。

活寶

長生不老藥的藥引——千年人參所修煉而成的人參精，正身被秦始皇的五名侍衛分為五部分，四散各處，人參精的靈魂被烏龍院小師弟救出，附身在苦菊堂艾飛身上。

艾飛

苦菊堂艾寡婦之女，個性古靈精怪，被活寶附身後，和烏龍院師徒一起被捲入奪寶大戰，必須以五把金鑰匙前往五個地點找出活寶正身；與小師弟雙雙浸浴青春池，兩個人瞬間都變得非常成熟。

五把金鑰匙

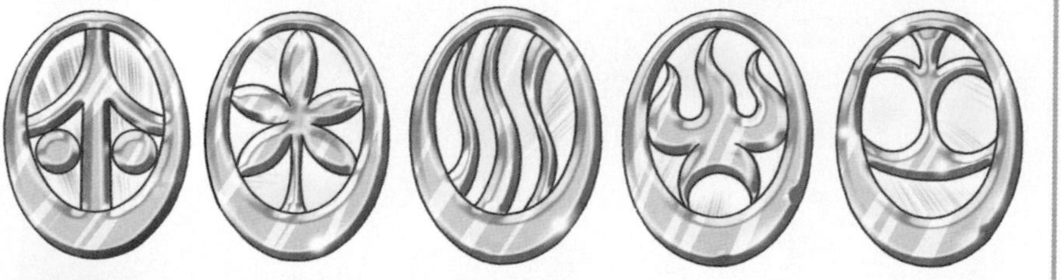

金鑰匙，位於鐵桶波。
木鑰匙，位於五老林。
水鑰匙，位於青春池。
火鑰匙，位於地獄谷。
土鑰匙，位於極樂島。

貓　奴

曾為青林溫泉中的神祕女子龐貴人傳令，並帶給烏龍院師徒一條蘊藏謎團訊息的紅魚。身手靈活武功高強，浸浴青春池後，變成讓小師弟很心動的俏麗女孩。

沙克．陽

煉丹師第三十三代傳人，進入完美帝國，對戴著豬面具的女子甚感好奇；身懷祕技，在意外時刻帶給眾人震撼。

白　虎

擁有可以任意變身的特殊能力，原本是「櫻之魂」──四小姐的忠實守衛，勇猛護主，但在四小姐勇於犧牲自我後，轉而跟隨大師父。

水觀音

當年五行大將軍中的「水將軍」所變身而成，私自吞下活寶的部分軀體，在與世隔絕的祕境建立「完美帝國」，實施優生種族改造。

四鳳凰

水觀音座前四鳳，分別為「梅」、「蘭」、「竹」、「菊」，強悍而具有魄力，下手毫不留情。

半形人

外形介於人和水生動物之間，生活在「赤區」組成游擊隊，與水觀音建立的完美帝國對抗；協助小師弟和艾飛進入帝國臥底，期許他們找到水觀音本尊的確實位置，一舉殲滅複製人孵化場。

目錄

第 49 話

為自由而戰的半形人

抗暴勇士授領巾，帝國臥底二人行

WA

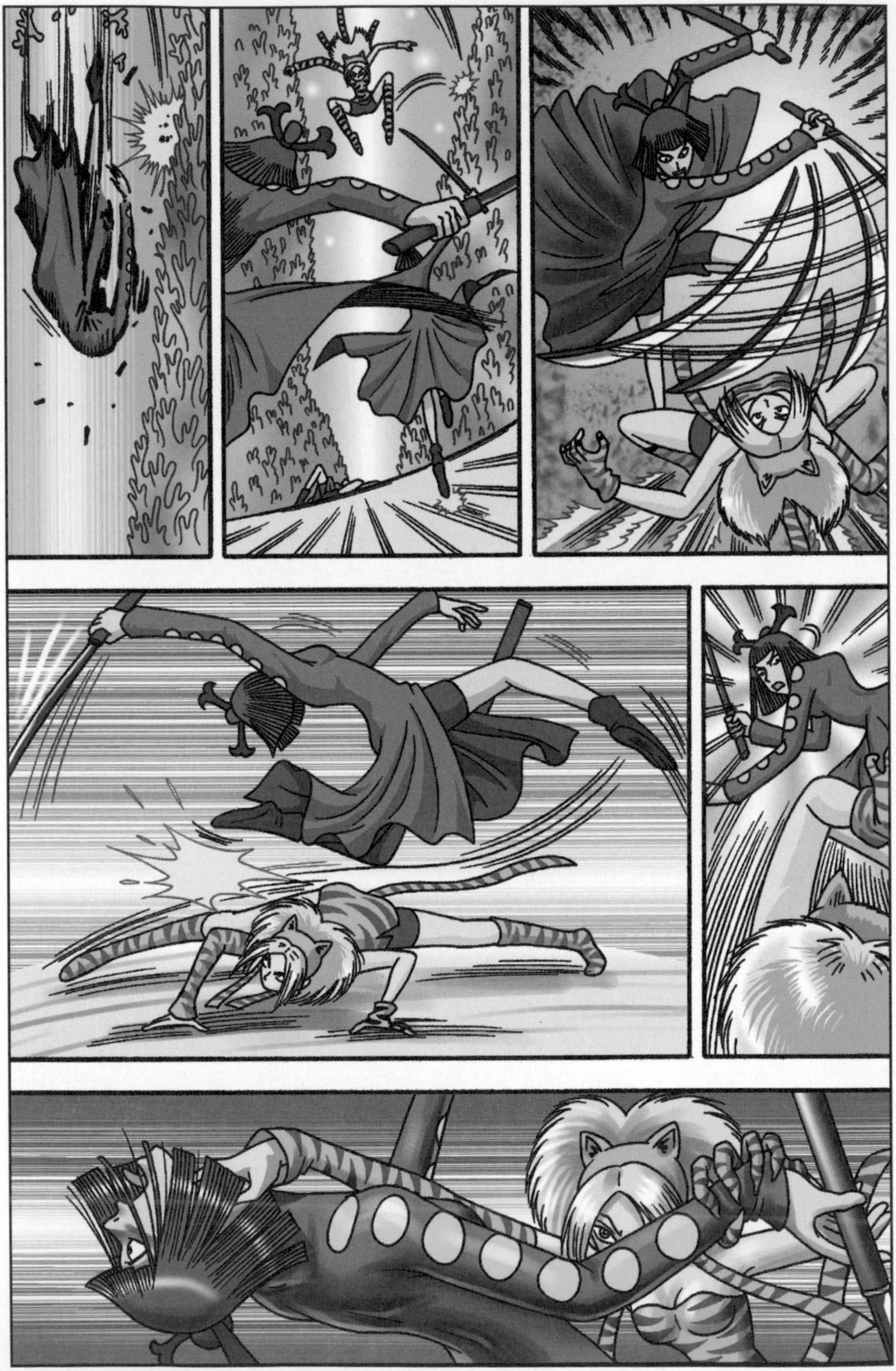

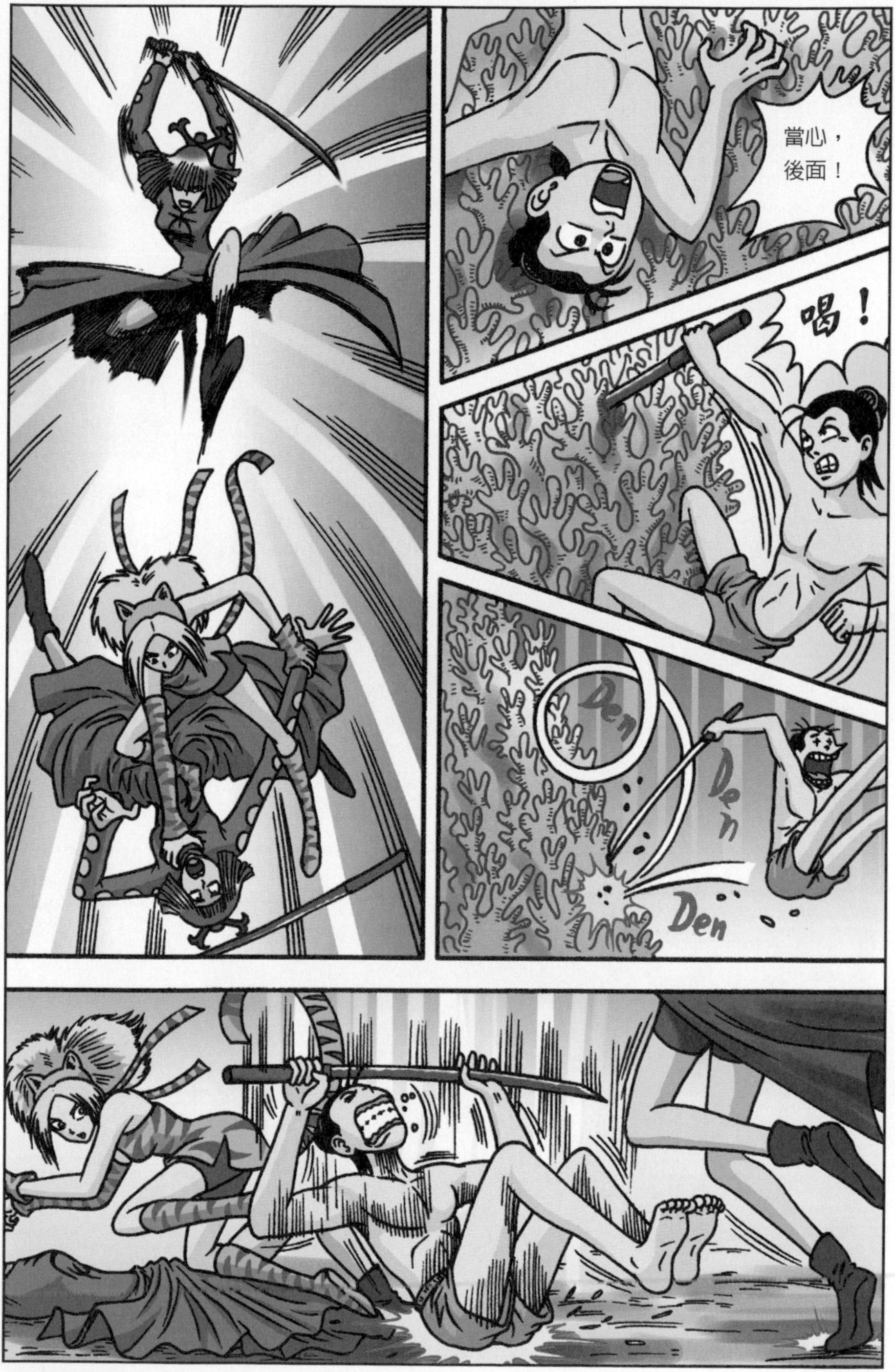
當心，
後面！
喝！
Den
Den
Den

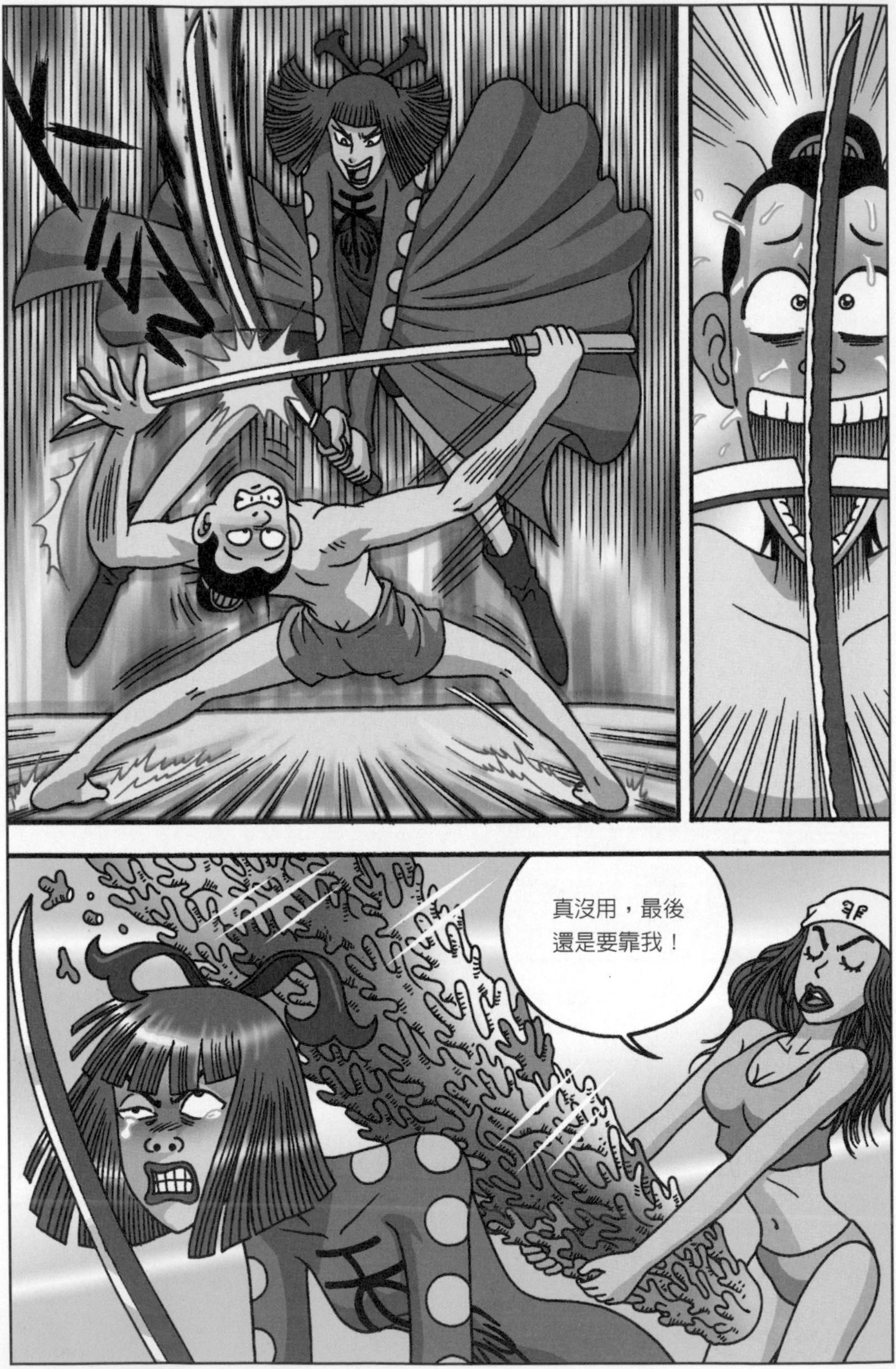
真沒用，最後
還是要靠我！

你!
哇！
我……
我我……
CON!
CON!
BROKEN!
完蛋啦

哇
哇
哇
喂！大姐！
起來吧沒事了！
大姐！
打得好！打得好！
給點掌聲鼓勵鼓勵！
剛才不露臉，現在才跑出來！
哼！
我只是奉令來接人，又不是派來打架的。

若是本隊長
親自出手！
兩三下就擺
平他們啦！
TE
你那張蝦
臉是什麼
表情？
隊長每次
說的都超
誇張！
SUCK
閉上你的
蝦嘴！
好奇怪！
為什麼她們
長相都一模
一樣？
就連身手
也一般
高……
怎麼了？
小手別
亂碰！
水觀音
「完美帝國」
的忠誠衛隊。
因為她們都
是複製人。

她是神嗎？
怎麼可能？
水觀音就是當年五行大將裡的水將軍。
當她從斷雲山帶著部分的「活寶」尋找到這處與世隔絕的祕境，就開始進行其建造個人帝國的野心！
水觀音是個極度自戀又要求完美的女狂人，她比秦始皇更殘酷無情，在「完美帝國」實行優生種族改造，這些人就是在她的計劃裡所製造出來的產品。

她憑什麼能幹
這種超出凡人
能耐的事？
因為「她」！
我？
難道水觀音
違背了斷雲
山的誓言！
她吃了
「活寶」？

趁著秦軍沒發現你們，快閃人唄！
喂！還吃什麼寶呀？

青春池礁群密佈，宛如迷宮，沒有熟人帶路，七天七夜也走不出去！

咱們游擊隊基地
有著天然屏障，
易守難攻。
即使是凶悍的
秦軍也難越
雷池半步！
別亂碰牆壁！
當心觸到機關，
把你射成蜂窩！
注意腳底下！
如果踏錯一步，
就會被炸到太平洋！
喂！
你是故意整
我們嗎？
喵

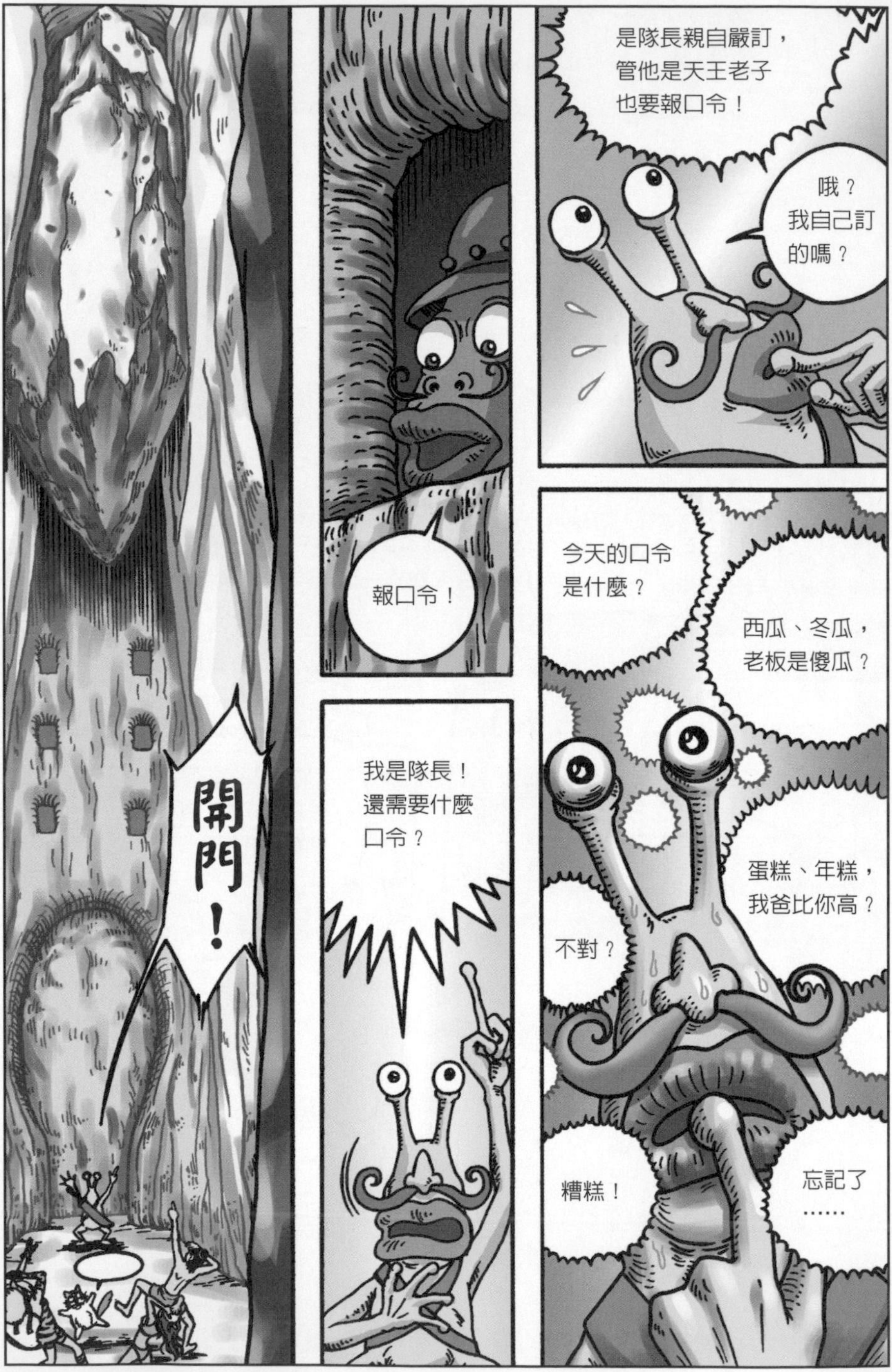
開門！
報口令！
是隊長親自嚴訂，管他是天王老子也要報口令！
哦？我自己訂的嗎？
我是隊長！還需要什麼口令？
今天的口令是什麼？
西瓜、冬瓜，老板是傻瓜？
蛋糕、年糕，我爸比你高？
不對？
糟糕！
忘記了……

什麼態度呀？你們欺負他弱智嗎？
原諒他有老年癡呆症！
超級沒面子
笨蛋！傻蛋！
再不開門就滾蛋！
這種口令是你設計的傑作？
軋！
耶！
答對囉！
報告大頭目，我把1702安全帶回來了！

另外那三個是
幹什麼的？
為什麼還帶
那隻肥貓回來？
難道忘了規矩——
嚴禁陌生人進入
基地嗎？
是他們三個
協助我們
擊退秦軍
巡邏隊的！
凶巴巴！
怎麼一見
面就罵人
呢？
哧！

誰這麼厲害？
能夠擊退秦
軍？
哼！我怎麼知道
是不是故意安排
來臥底的？
懷疑咱們
是奸細？
好心沒好
報……
把1702帶上
來，他們三
個留下。
靜
…
注意了！

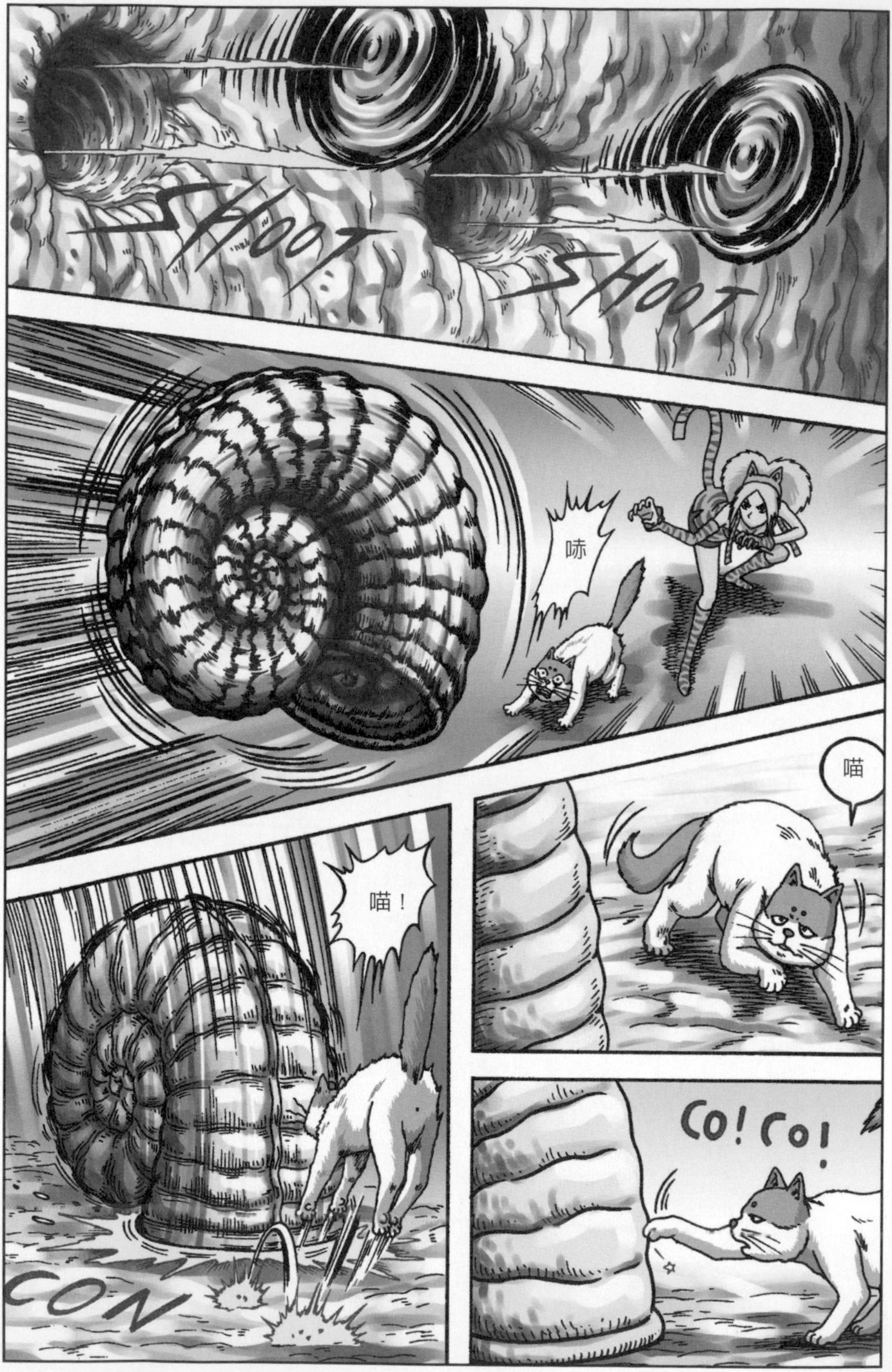
SHOOT
SHOOT
哧
喵
喵！
CON
CO! CO!

HALA!
嗒!

怪物要
攻擊啦!
好可怕的
八爪魚!
你又要找藉口
去接近她嗎?
閉上嘴巴!
別說話!
在這裡
立正站好!
凶

咳！咳！
咳！
你們這窩土匪，算啥正義之士？
Poe
連好人壞人都分不清啦！
欺負我腳比你少？
哎呀！

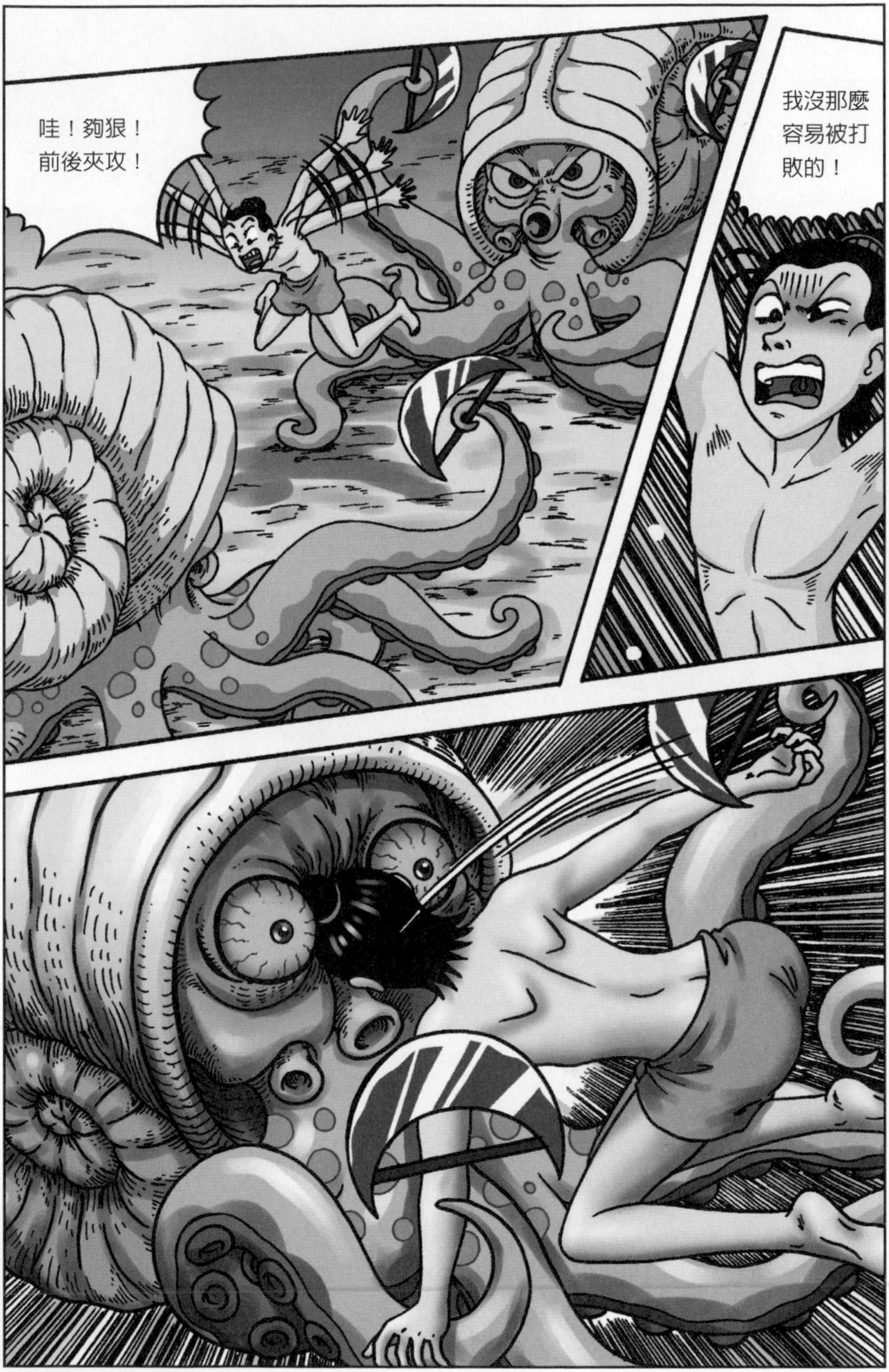
我沒那麼
容易被打
敗的！
哇！夠狠！
前後夾攻！

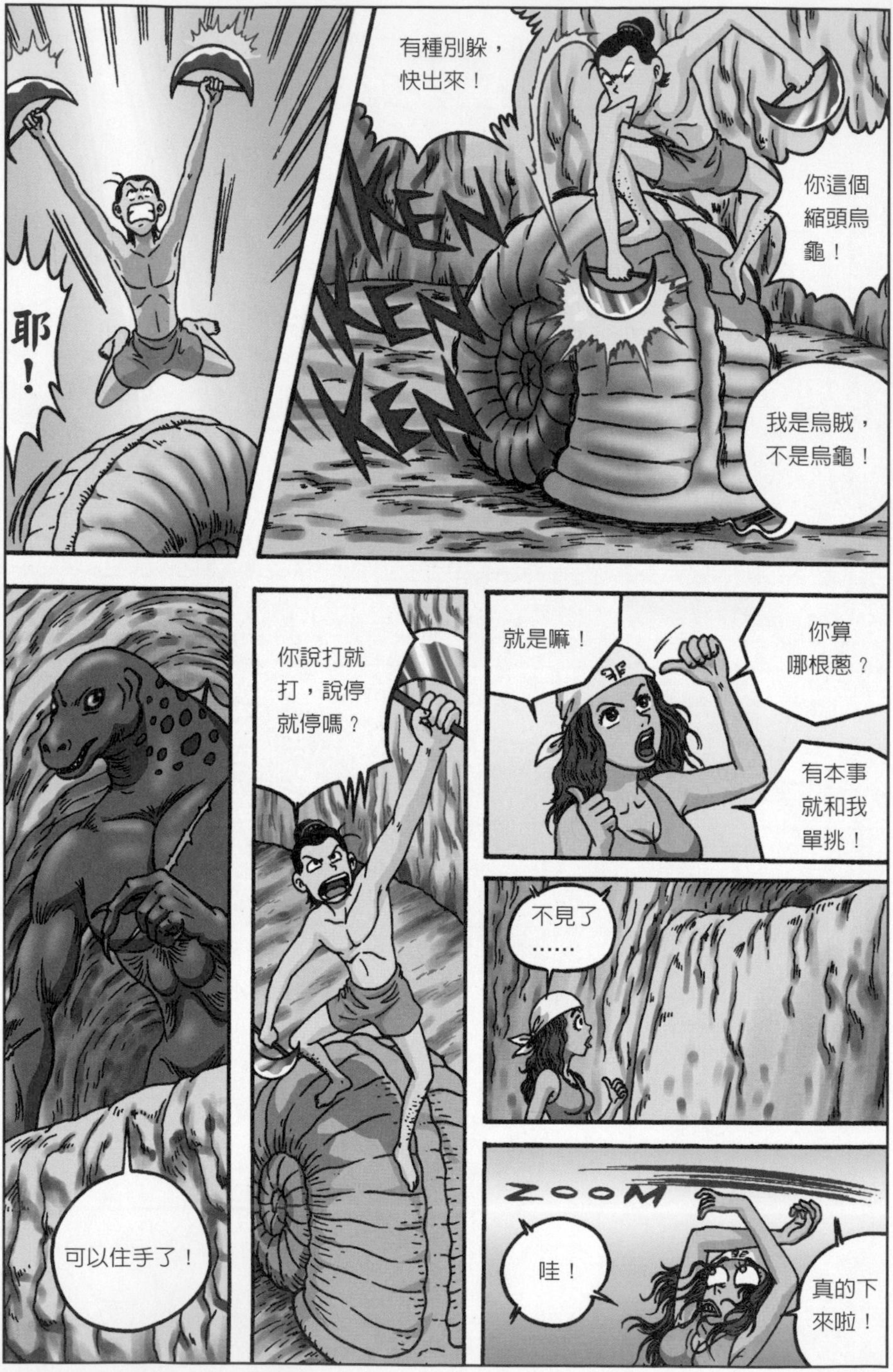
耶！
有種別躲，
快出來！
KEN KEN KEN
你這個
縮頭烏
龜！
我是烏賊，
不是烏龜！
可以住手了！
你說打就
打，說停
就停嗎？
就是嘛！
你算
哪根蔥？
有本事
就和我
單挑！
不見了
……
ZOOM
哇！
真的下
來啦！

聽著！我的命令從來不會說兩遍！
！

第 50 話

沖入完美帝國的核心

極速穿越地底密道，無間飛車時刻玩命

凸眼隊長，
帶他們三個到指揮所。
是！大頭目。
好可怕的力量！
你還好吧？
咳
咳
脖子差點被招斷……
喵
幹什麼摟摟抱抱？
你們在做啥？
老實說！你是不是對她有意思？
想到哪去啦？
受不了你！
嘖
快跟著我走。

討厭！
討厭！
噓！安靜！指揮所到了，別打情罵俏啦！
我不能有言論自由嗎
你妨害
人權
各位頭目，請歡迎我們的貴賓！

小心他們根本
不把你當人！
！
報告！三名
客人帶到！
嗝

直接回答我，你們到赤區有何企圖？
〈赤區軍師〉諸葛亞
諸葛師爺，人家是貴賓，這樣問話很失禮。
說你沒大腦還便宜了你！
誰像你腦袋那麼大！
赤區又不是觀光區，你們該不會是秦軍派來臥底的吧！
〈突擊連連長〉麥克
這一點我測試過了，那個男生，他會功夫！
哦！
他會功夫？
是嘛？
喔！
會功夫很奇怪嗎？
大驚小怪！

因為水觀音統治的完美帝國「女權至上」，男人是嚴禁習武的。
他們只是女王的奴隸！
我是個男子漢！
才不是哪！
其實我們來這裡是要找……
不能說！
你以為你是誰？
碰他幹嘛？
我要你們進入帝國內部去做臥底！
只要能成功，赤區弟兄們就會幫你找到想要的東西。
可是……
可是……
喵。
可是什麼？忘記了嗎？我的命令從來不說第二遍！

憑什麼那麼霸道？
我又不是你的部下！
連我師父包餃子也會先徵詢大家的意見，看我們要吃什麼餡！
大頭目，他們的意思大概是要求你民主一些。
要我民主嗎？
行！
KON
反對他們去的，把手舉起來！
鴉雀無聲
喔！那麼凶！好像誰敢反對誰就會倒霉！
投票表決結果：一致通過！

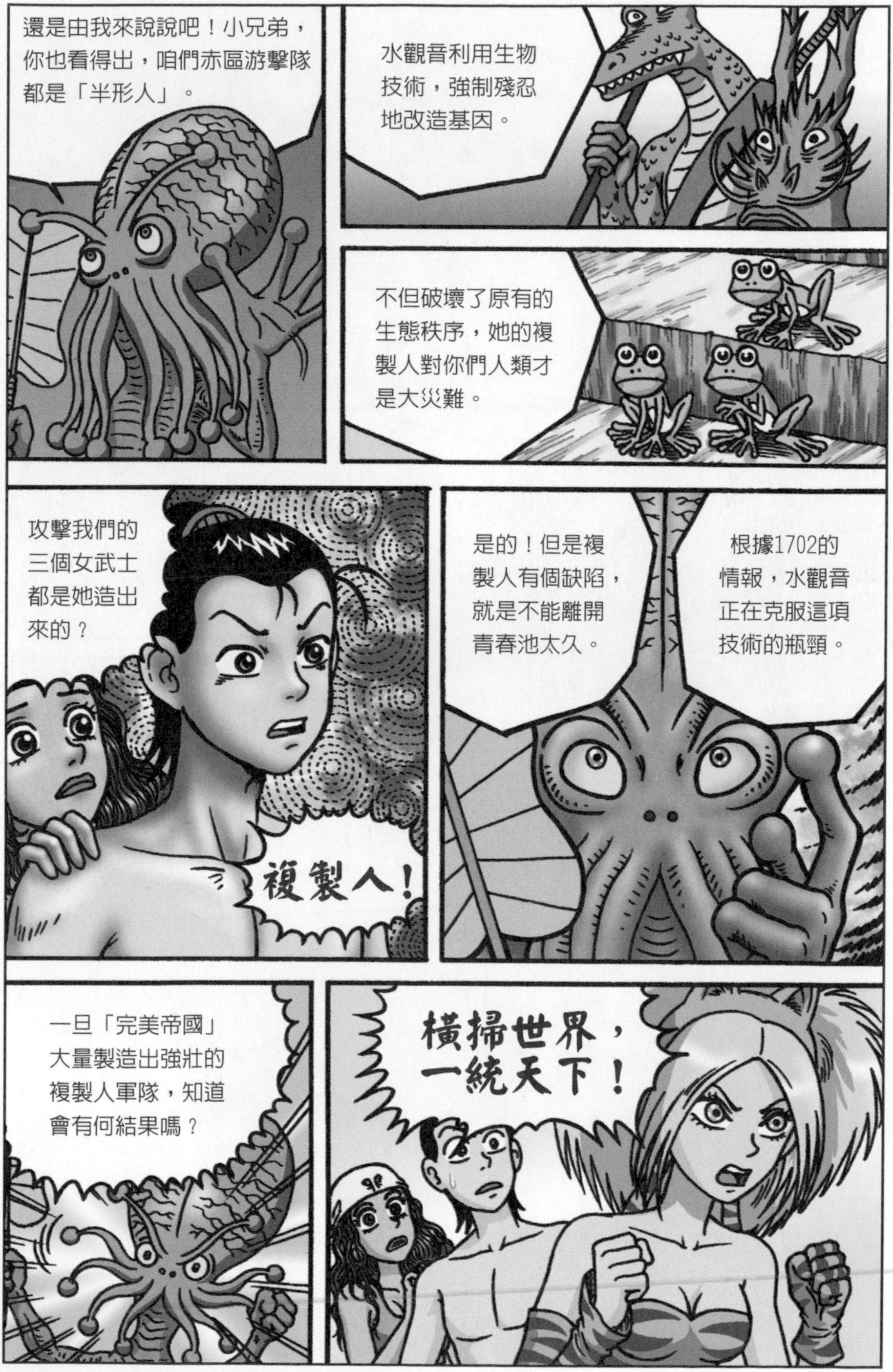
還是由我來說說吧！小兄弟，你也看得出，咱們赤區游擊隊都是「半形人」。
水觀音利用生物技術，強制殘忍地改造基因。
不但破壞了原有的生態秩序，她的複製人對你們人類才是大災難。
攻擊我們的三個女武士都是她造出來的？
複製人！
是的！但是複製人有個缺陷，就是不能離開青春池太久。
根據1702的情報，水觀音正在克服這項技術的瓶頸。
一旦「完美帝國」大量製造出強壯的複製人軍隊，知道會有何結果嗎？
橫掃世界，一統天下！

水觀音的野心比秦始皇更大！
不！她超越了秦始皇。
那些複製人沒有自己的思想，對她忠心不二。
而且她已經長生不老，自稱為神！
什麼長生不老狗屁神！
吃了你？
啊！
水觀音一定是把我吃了！
沒事！沒事！
她肚子餓亂說話！
帶我去臥底。
噓！
不要這麼衝動，
和對方談判，不要一下子就露了底牌……

去不去？
冷靜
你
孬種
別叫！
我不管，
我要去做
臥底。
你老婆
俠肝義膽
令吾輩
銘感五內
不是
老婆！
不是！
她不是！
我做你的
老婆不好嗎？
我不是他老婆！
我是他老媽！
妳別胡鬧
了行不
行？
即使真要去做
臥底，也得更
小心謹慎。
像你這樣魯
莽，立刻就
曝光了！
你算老幾呀？
要你教訓？
裝什麼氣質嘛！
土包子！
不可理喻！
丟臉丟到家
了！

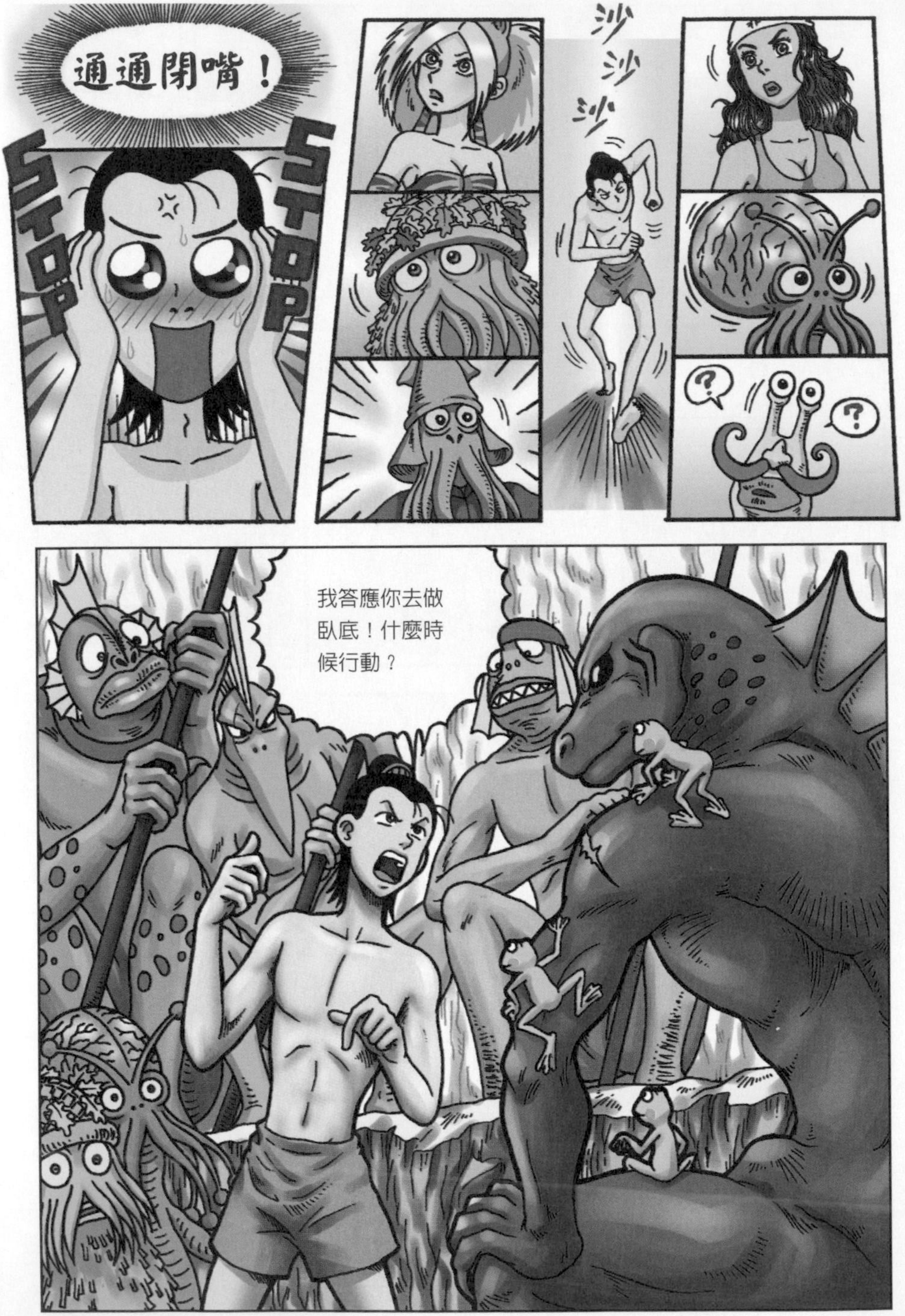
通通閉嘴！
STOP
STOP
沙
沙
沙
?
?
我答應你去做臥底！什麼時候行動？

夠爽快！我代表赤區弟兄們感謝你了！
就快請二位把1702和505的衣服換上，由祕道進入帝國！
什麼？只能去兩個人？
ONLY TWO
這樣子喔！
要不然會引起秦軍的懷疑。
出來兩個，回去也只能兩個。
我們有三個人呀！
可是……
我要帶誰去才好呢？
兩個人……
兩個人……

你猜他會選誰？
我賭五條魚，他會帶上那個貓妞！
傷腦筋！
加賭十條魚，一定是大嘴妹跟他走！
哦？
貓奴會武功，又溫柔，行動敏捷，助力多，帶著她，成功機率百分百！
至於這個艾飛……
聒噪
嘮叨
任性
驕縱
三八
兩位女士……
我很難做選擇。

你還考慮什麼？當然只能帶我去！
寶貝，別忘記我真的身分。
不帶我去的話，我就把所有祕密都抖出來！
決定了沒？
帶誰去？
呵
…

…
我已經決定要帶誰去啦！
我要…
耶！我賭贏啦！
對不起……我不能帶你去！
哇吼吼！我贏了十條魚！

其實本來應該你去比較合適。
但是……
她…她…
沒關係的，我能理解。
你要相信自己的選擇。
好貼心喲！沐浴在春風裡……
春
春
春
有完沒完啦！
完了
艾飛！妳在行動中要多聽他的。
妳搞錯了吧！我不是艾飛！
妳……
喂！八婆，快點過來換衣服！

打開閘門，我們要下去！
是！
為什麼門要從裡面反鎖呢？
萬一敵人突擊，這裡就是最後一道防線了！
哎！
把頭巾保管好了！
回來之後要還給我。
嗯！美女的頭巾……
有異味！比死蝦子還腥！
嗯！
一個月沒有洗頭髮了。
誰規定女生一定要洗頭的？
你們男生才奇怪。

二位在出發前要記住此次任務的目的。
必須要找到水觀音本尊的確實位置。
只有一舉殲破她的複製人孵化場，才能真正地瓦解帝國！
章魚頭！你超變態！
噢！我覺得好香好香！
嗯
報告大頭目！閘口已經開啓，請求進入壹號坑道！
你要親自護送到出口，確定安全之後再回來！
遵命！
笨手笨腳！我自己來！
跟著我走！

CLOSE
大門關上啦！
我們回不了家啦！
關門也能把你們嚇破膽嗎？
身為赤區勇士，就必須要有隨時就義的準備！
!
大閘蟹！吊籠修理好了嗎？

上個月十三號，吊籠斷了線，一下就陣亡七名弟兄！
報告隊長！「大概」修理好了。
我把幾條舊繩子接一接還能湊合著用。
我要向你的主管申訴！
萬一又斷了，你負責嗎？
拖拖拉拉！快上吊籠！
抓緊點了！別掉出去！
我可沒有閒功夫拉你們！
媽呀！
哇！下面是看不到底的大坑！

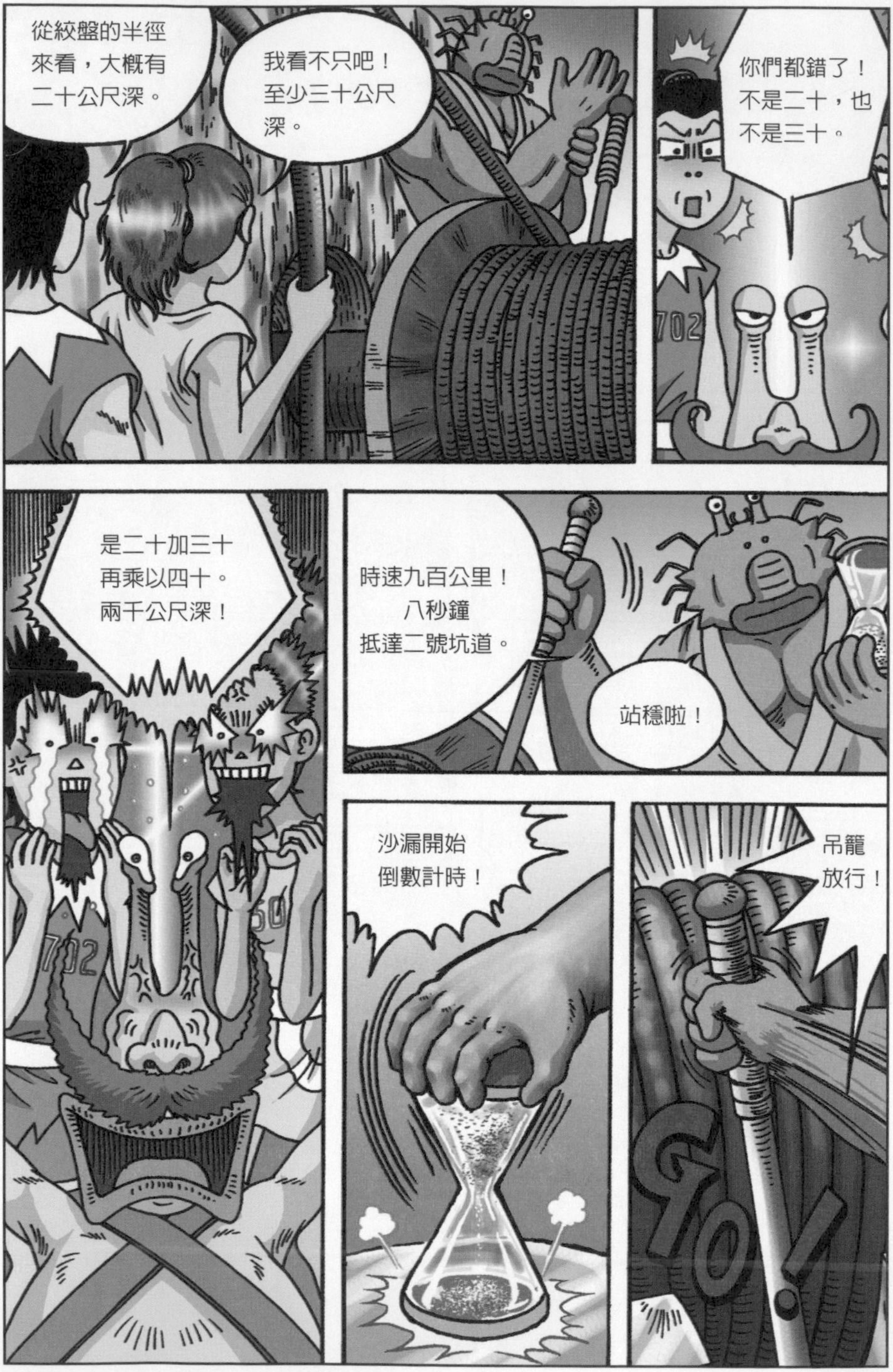

從絞盤的半徑來看，大概有二十公尺深。
我看不只吧！至少三十公尺深。
你們都錯了！不是二十，也不是三十。
是二十加三十再乘以四十。兩千公尺深！
時速九百公里！八秒鐘抵達二號坑道。
站穩啦！
沙漏開始倒數計時！
吊籠放行！
GO!

8
7
6
5
4
3
2
1
到達！

剎車
彈
彈
哇
拖進來！
哇

凸眼隊長，你
怎麼帶了兩個
菜鳥來？
大頭目的命令，要
送他們到「油鍋」
做「點心」！
什麼
「點心」？
還要把我們
油炸？
「油鍋」代表帝
國，「點心」代
表臥底。這是我
們的暗號！
大姊我至少要
叫做「燕窩」，
知道嗎？

安全第一
喂！
好可愛的鴨鴨船！
快點登船了！
我們要趕時間！
再見！
慢走！
好像是遊樂園裡的船。
準備推進！
開始灌油
怪！
幹啥的？
油能夠潤滑跑道，時速可提升兩百公里！

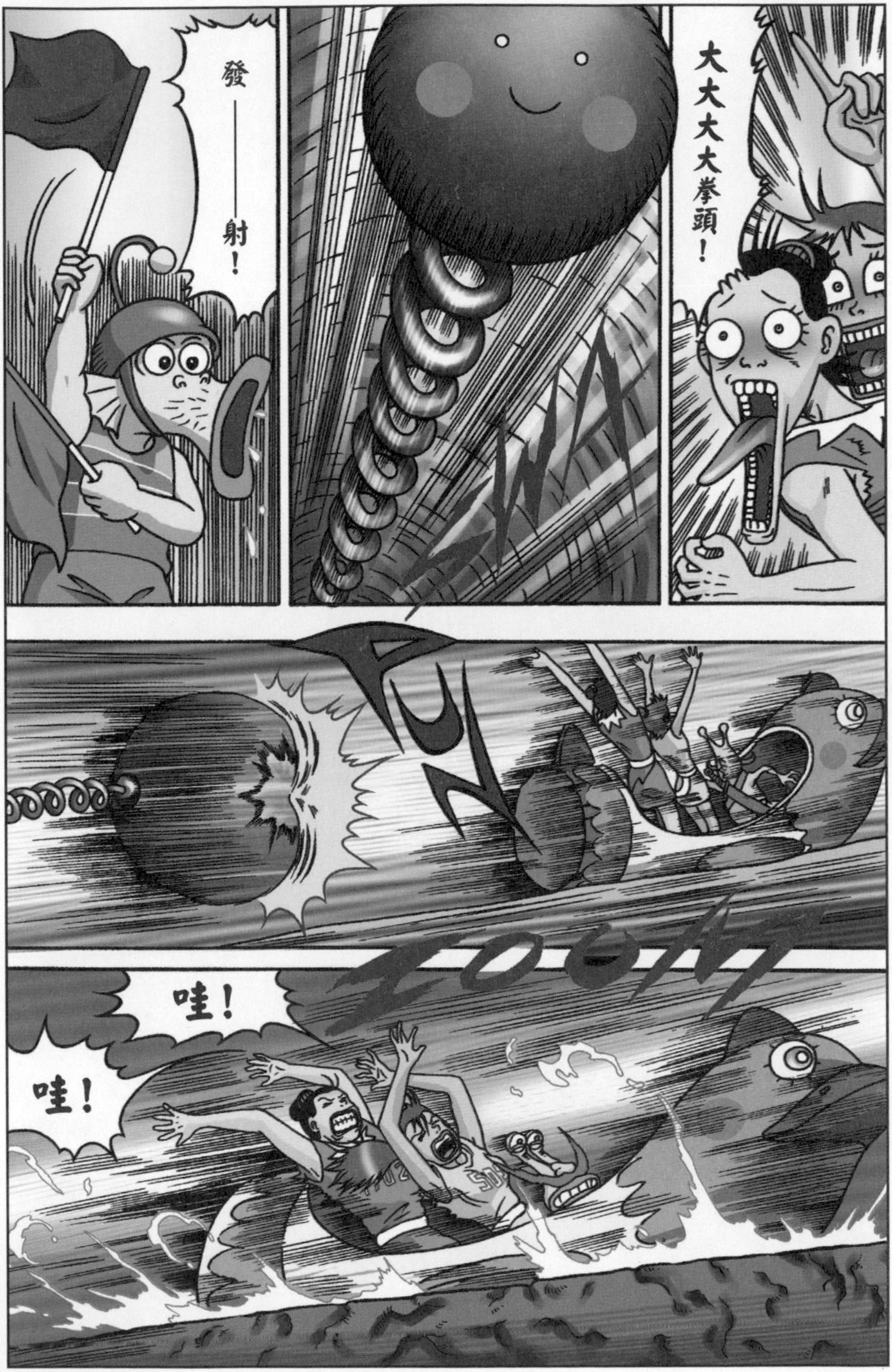
發——射！
大大大大大拳頭！
哇！
哇！

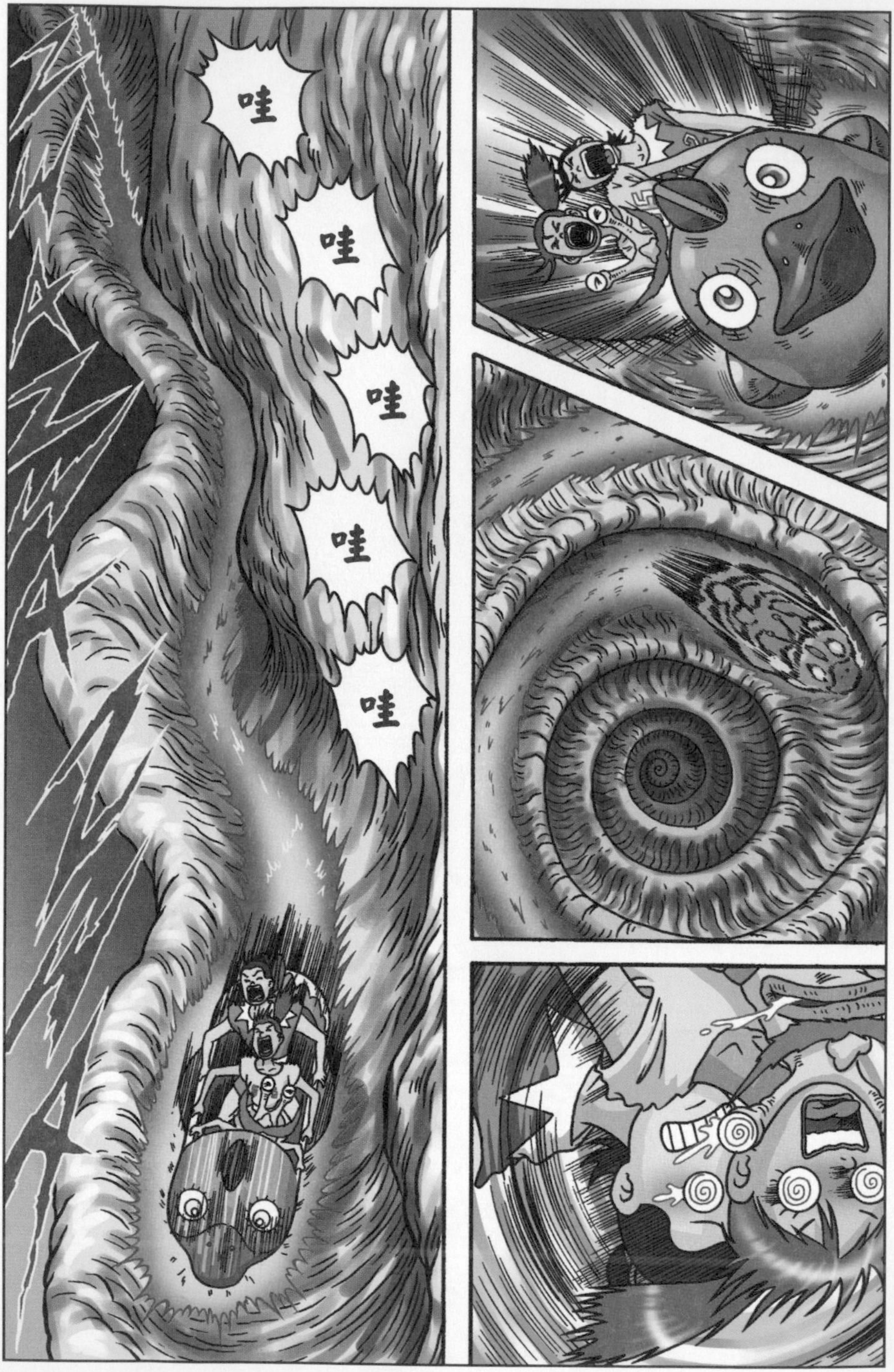
哇
哇
哇
哇
哇

這是雲霄
飛車嗎？
下面没
路啦！
騰空了
……
勸你們別
往下看！

艾飛抓穩了！
我抓住啦！
喂！別亂抓！！
哇！
哇哇哇哇哇哇！

哇哇哇哇哇哇！
哇哇哇哇哇哇！
PON

哇！
哇什麼哇呀？
我的蛙眼被妳折慘了……

快把小艇划進
前面的洞裡！
咦？有一股
尿騷味！？
這是完美帝國的
汙水排泄道。
即使是再完美
的人類，也避
免不了生理上
的不完美！
凸眼呼叫泥
豬！泥豬在
哪裡？
見鬼了！這裡
會有豬嗎？
泥豬快
回答！
我在這裡！
SUCK
哎！

我就是泥豬，讓我為你們帶路吧！
救命！

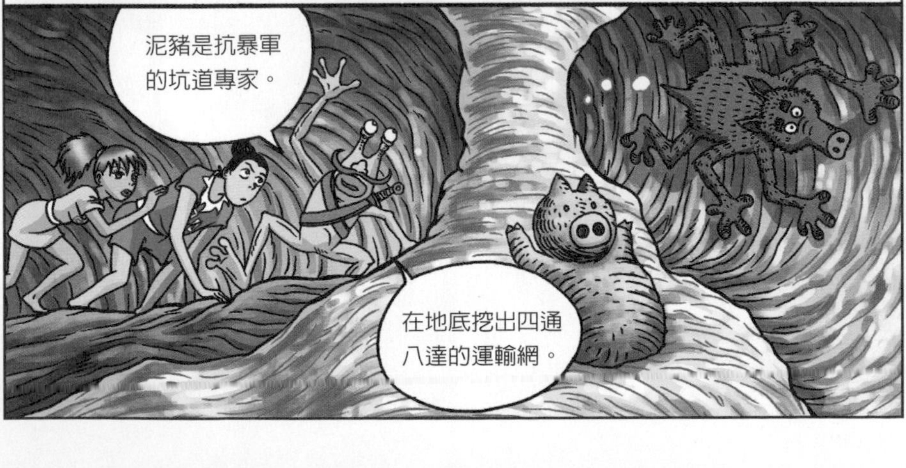
泥豬是抗暴軍的坑道專家。
在地底挖出四通八達的運輸網。

這麼多分叉口，
不會迷路嗎？
恐怕只有靠
泥豬帶路了。
就是這
裡了！
上去就是505
的房間！
耶！臥底行動
開始了！
有什麼
好樂的？
我只能護
送到此，以
後要靠你們
自己啦！
千萬記住，你
是她的男奴，
一切要服從
505。
非到必要
時，絕對
不要施展
武功！

聽到沒有？以後要叫我主子。
真夠虧！
這是「無音哨」，吹出的頻率只有半形人才能聽見，在最緊急時吹它，就會有人來接應你們！
無音哨由我來保管！
為什麼？
因為奴才要聽主子的。
妳……
咱們開始行動吧！
老天保佑！
妳別擠呀！
你找來的這兩個土包子靠得住嗎？
爬快點嘛！
哎喲！我的腰！

出口挖得這麼小……
唔……
啥咪?!
出口竟然是女廁的糞坑！

耶！好多漂亮的衣裳！
喂！妳才要小聲一點！
噓
小聲一點。
我從小就希望有一天能穿上華麗的禮服。
這樣像不像個小公主？
仙女下凡囉！
A
很有熱帶風情吧！

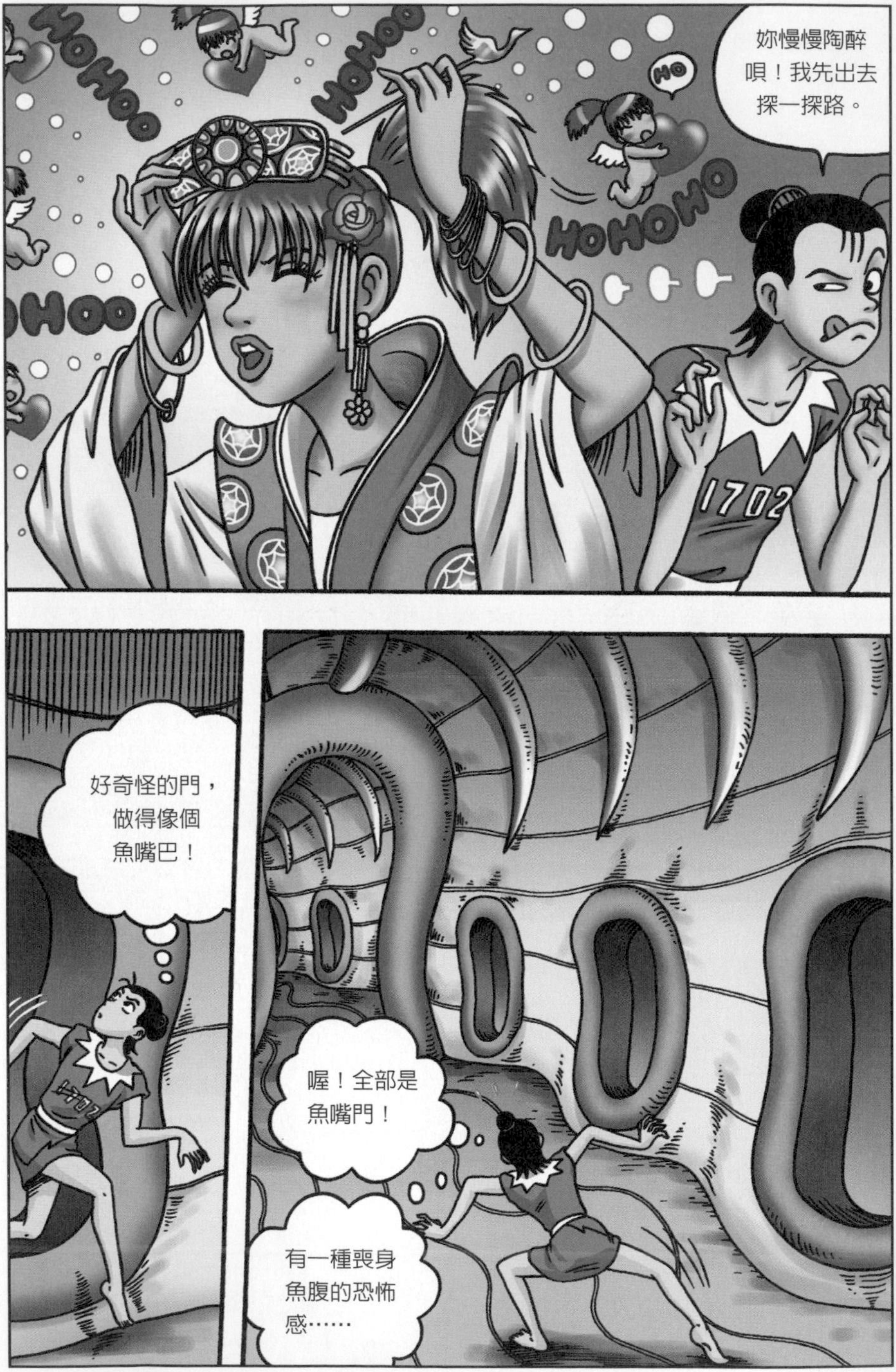
HOHOO
HOHOO
HO
HOHOHO
妳慢慢陶醉唄！我先出去探一探路。
好奇怪的門，做得像個魚嘴巴！
喔！全部是魚嘴門！
有一種喪身魚腹的恐怖感……

!
妳少吸一點！明早就要參加女皇的祭水大典。
女皇？
呼！真舒暢！
沒關係，到時多噴些香水就行了。
難道所謂的女皇，就是水觀音？
萬一被發現吸食違禁品，妳就完啦！
這條線索太重要了！
一定要監聽得更清楚……
AH

哎喲喂呀！
CON
對不起！
我…我…
走錯房間了！
啊！你們
是……

第 51 話

青林溫泉的奪命掌印

烏龍師徒舉棋不定，死局已定生門難尋

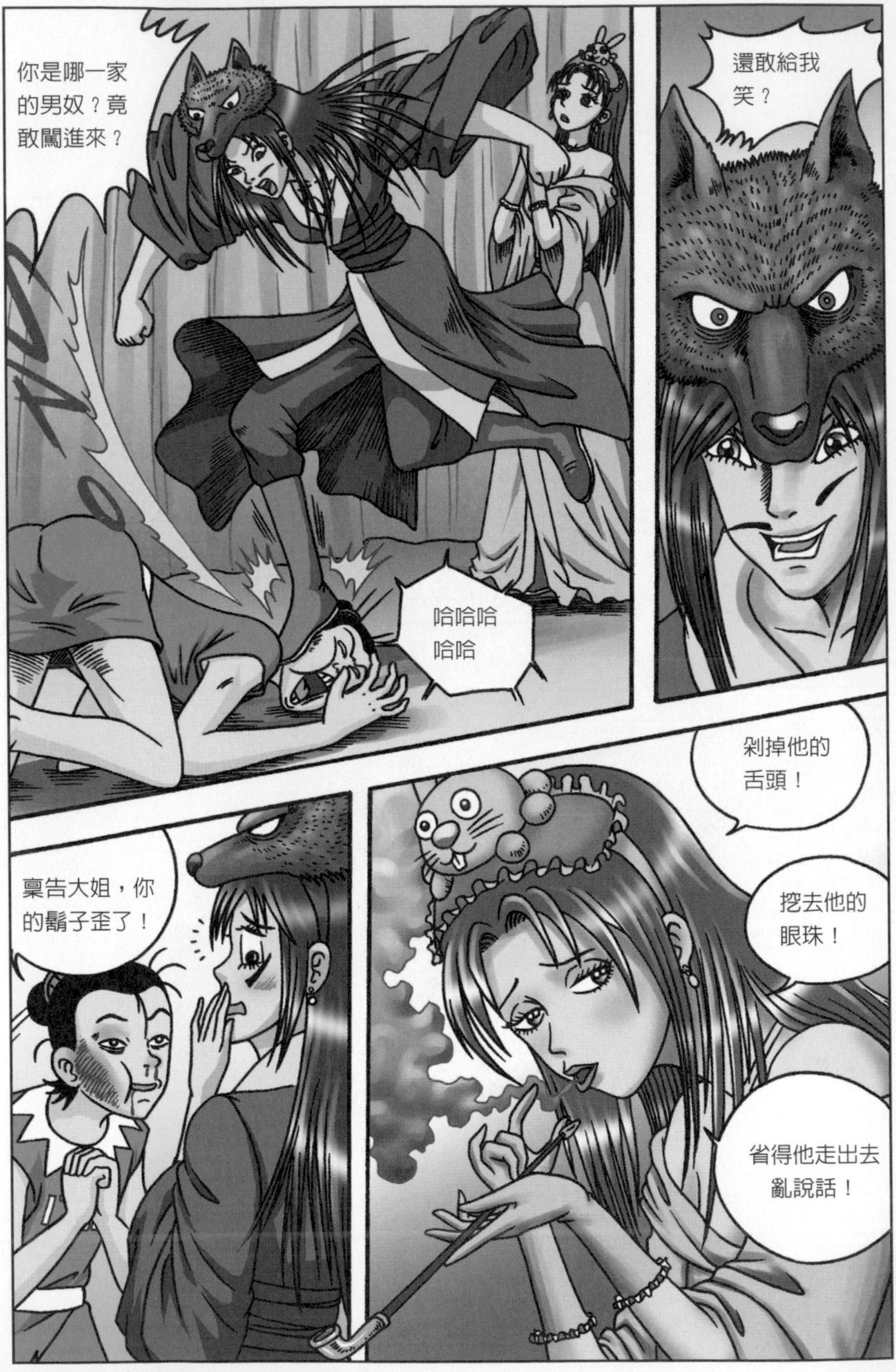
你是哪一家的男奴？竟敢闖進來？
哈哈哈哈哈
還敢給我笑？
稟告大姐，你的鬍子歪了！
剁掉他的舌頭！
挖去他的眼珠！
省得他走出去亂說話！

別這樣嘛！饒了小的唄！
小的什麼都沒見著，什麼都沒聽著……
喂！要玩真的嗎？
老實告訴你！我就是那……
COI
姐妹們給個面子吧！
這個男奴是我的。

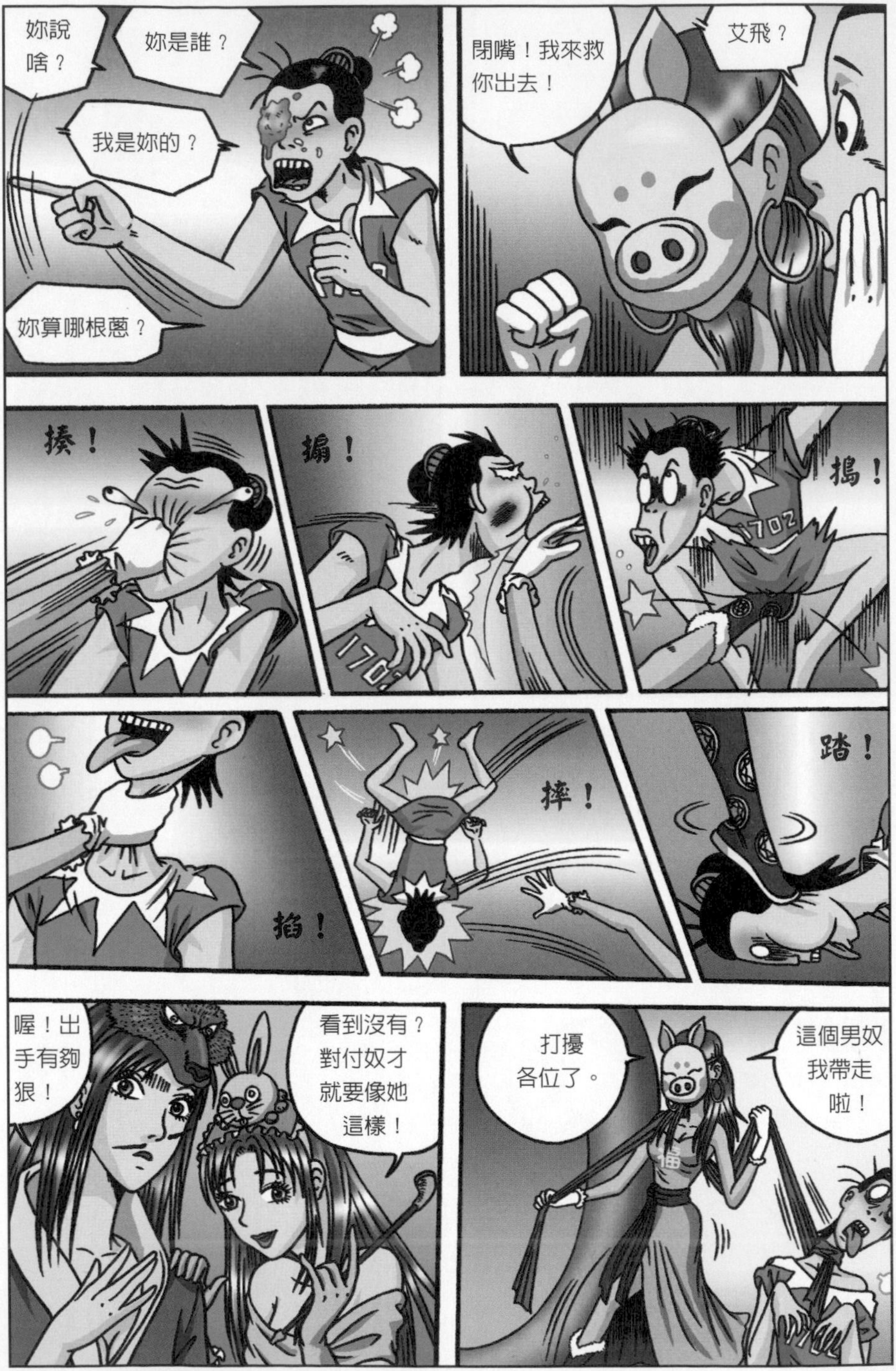
妳說啥？
妳是誰？
我是妳的？
妳算哪根蔥？
閉嘴！我來救你出去！
艾飛？
揍！
搧！
搗！
掐！
摔！
踏！
喔！出手有夠狠！
看到沒有？對付奴才就要像她這樣！
打擾各位了。
這個男奴我帶走啦！

嗚
嗚
禁衛軍又在搜捕半形人了！
呼！
喔！
長得很可愛咧！
是個帥哥哪！
抓住他！

讓開！
主子呀！奴才倒了八輩子楣！連走路都被欺負！
打狗也得看主人哪！
喂！你給我回來！
啊！

你想
幹什麼？
刺穿妳的
喉嚨！
為何這個豬臉女子
的身上，有一種
特殊的力量？

妳是誰？
亂摸什麼呀？
你吃她豆腐嗎？

你以為自己是誰呀？沒把我放在眼裡嗎？
1702別打了！站起來！
把這個入侵者交給我們。
他怎樣了？
被打暈啦！

臉被捶成肉餅，
變形啦！
哎喲！太
可惜了！
真是
浪費耶！
出拳這麼重？
你這個男奴
偷學武功嗎？
冤枉呀！
大人！
奴才只是
一隻弱不
禁風的小
雞。
我怎麼可能
會武功呢？
咕
咕
咕
剛才護主心切
出手重了一
點點……
少囉嗦！
先押回去！
當心！
刀子不
長眼！
1702

誰敢押走他？
刀
剛才要不是這個男奴奮不顧身的保護，我早就成了恐怖份子的人質啦！
深呼吸，繼續開罵。
你們這幾個老母龜來得這麼慢，我還要去投訴警察效率太差啦！
就是嘛！就是嘛！我們就是目擊證人！
算了！1702。
下次再過來調查你！

各位大人慢走，一路平安喲！
白天吃飽飽，晚上睡好好喲！
走遠了吧！？
呿！
詛咒你們天天頭痛拉肚子長痔瘡！
剛才那個男生摸了我的臉……
我已經為你海扁了他一頓！
他的身上有一股特殊的味道……
什麼？
一種丹藥味……
當年將我獻入秦皇阿房宮的煉丹師，他的身上就是這種味道！
嘿嘿

新開張買一送一
狗不理包子
小徒弟和艾飛音訊全無，線索也斷了，現在該如何是好呢？
汪
香噴噴的滷味！
媽
慢點兒
滷味王
要不然再回青林溫泉去向那個富婆打探消息。
唉！
任務沒完成，人也失蹤了，去了不是白丟臉嗎？
AH
AH
反正一時之間也找不到人，不如先找東西吃唄！
贊成！
哼！

四眼牛肉麵
開飯囉！
瞧你們一副餓死鬼的樣子！
百年老店
歡迎光臨！
小本經營
恕不欠帳
百年老店
四眼牛肉麵
來三碗牛肉麵！
好的！
客倌您點了三碗。
喂！誰叫你自做主張的？
來三碗牛肉「湯」麵！
小氣鬼！
湯要多加一點！

清澈見底的牛肉湯麵……
…
嘻嘻！麵條裡夾著一塊牛肉！
一定是老闆盛湯時漏掉的……
啊！
你們別想
你敢獨吞嗎？
見者有份！
哎呀！肉兒飛啦！

POR!
MA
小姐！對不起！對不起！
討厭！人家是男生啦！
你有什麼問題嗎？
剛才我的肉飛到你碗裡……
HAHAHA..
是這塊？
不對！有點小。
好像是這一塊！也不對……
那麼應該是這塊？這塊？
全都沾到你口水了，通通拿去吧！
嘻
賺到了
徒弟這一招表現得還可以吧！
嗯！
頗得我倆的真傳！
孝敬給師父！

咳
咳
咳
咳
咳
咳
別怪我，是你們要搶著吃的，我是肺結核末期！
咳咳咳
毀了！
這下子可好！連湯麵也沒得吃了！
偷雞不著蝕把米！
我開始咳嗽啦！

還有一塊吃了吧！丟掉太可惜。
你真是欠扁哪！
哇呀！
桌子被撞爛啦！
算了！咱們走吧！
走去那裡？賠我的桌子錢！
JUMP
砍！
小心點！刀子不長眼！
DOW

沒錢就想賴帳！
你們練武的就只會欺負老實人！
老板，你這樣說就太嚴重了。
要不然就叫我徒弟留下來洗碗抵帳！
用不著了。
本店已經有洗碗工了。
COW！
咳
咳
咳
咳
肺癆仔！
這樣行不行？
我把徒弟便宜賣給你。
師父不要遺棄弟子！
徒兒會孝順，不再惹您生氣了！
這種呆子比下等牛雜還不值錢！
臭美！我還不想賣哪！

唔？
看來只有把這個寶物典押給老板了。
你以為我是傻瓜嗎？這破東西連一碗粥都不值。
你瞧著吧！
啪，小白！變成一個球！
PON!
哇
你……什麼時候有這寶貝的？
如何？
要不要買呀？

PON
變傘
變毯
PON
變蛋
PON
我買了！我買了！除了桌子不用賠，我再給你五十兩銀子！
CLOSE
CLOSE
CLOSE
太誇張了吧！
咱們快走！
怎麼了？四眼牛抓狂了嗎？
竟然連生意也不做啦！

耶嘿嘿嘿嘿！天上
掉下來的大寶貝！
發財啦！
發財啦！
小白！小白！
我命令你變成
大黃金！
一大堆
的黃金！
咦？
沒動靜？！
聽到沒有？
變出金子
給我！
變哪！
金子！
我花錢買了
你，就是你
的新主子！
裝死
是不是？

趕快給我變黃金！
不變就把你剁成碎片！
嘿嘿……還是怕了吧!?
快變呀！
變出黃金哪！
哇
四眼牛肉麵

*編註：詳見《活寶1》。

原本青翠的青林溫泉突然荒廢了。
到底發生什麼事才會變這樣？
就連那位付咱們金子的富婆也無影無蹤了。
那不是正好，債主失蹤就不用還她錢了！
說的也是哦！
她可能被怪物擄走了！
別講得這麼恐怖嘛！
你們看那片壁上留下的掌印！

哦！只不過是在牆
上留個掌印嘛！
這我也會！
就是嘛！
大驚小怪。
你們看看這掌是透過去的力量！但看力
天哪！他的勁道竟然穿透到背後震出數十倍的掌印！

而且整塊飛出的
掌印嵌入數公尺
外的山壁!!
15.7公尺的直線距離
發掌處
當今武林，有誰
能具有如此可怕
的功夫呀？
咦？
我沒看
錯吧？
石掌之下好
像有一隻人
腳……

有嗎？
就在那兒！
仔細瞧！一隻人腳掛在石塊的右下方！
我老花眼，看不清楚⋯⋯

第 52 話

水觀音座前的四鳳凰

肉在砧板快刀狂舞，主題旋律引蛇出洞

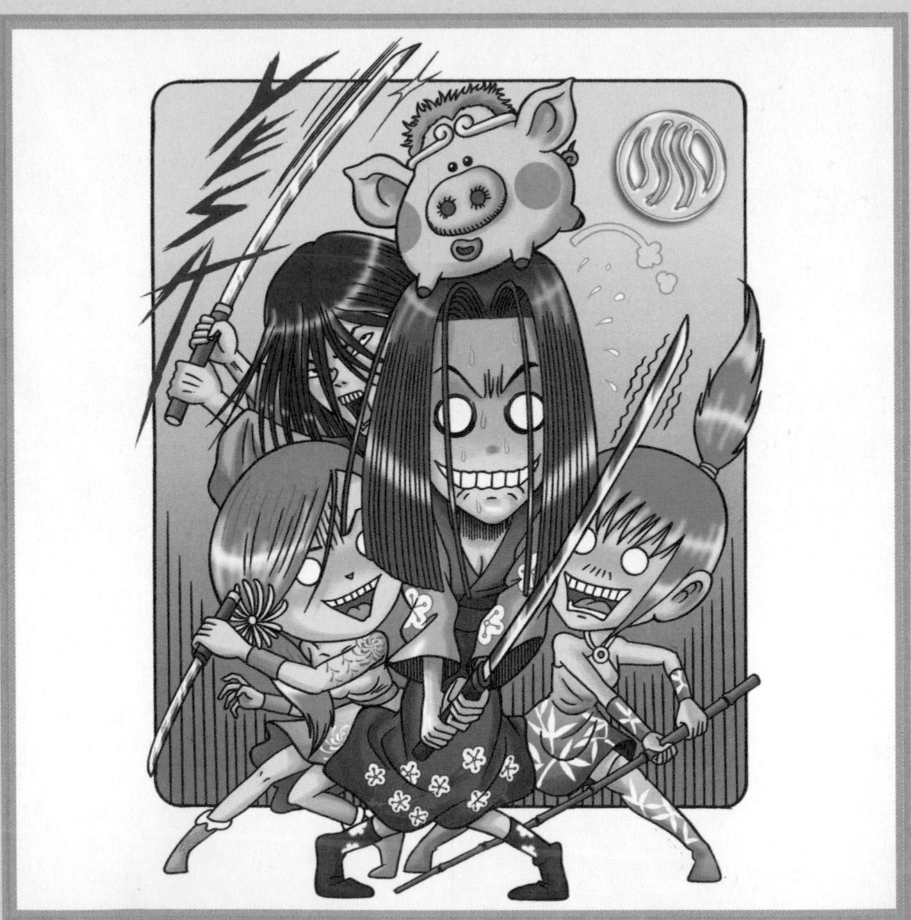

那雙肩上刺青
的圖案！
她被
殺害了！
就是那位
叫做龐貴人
的富婆呀！
唯一的線索，
只有那石壁上
的掌印！
是誰如此殘忍？
要殺害一個隱居在此的女人？
那個掌印，
五指特別纖細……
很像女生的
手耶！

這手指比一般人要長出一大截。
您是說——這不是人的手掌？
纖細如柴。
枯如樹枝。
難道是……鬼！
哼！鬼算什麼？那是比厲鬼具有千倍更可怕的力量！
而且「她」已經是我們非常熟悉的……
您是說……
活寶！

石壁上的掌印
是左手掌留下的。
對。
金鑰匙找到的是右腿，木鑰匙找到的是右手，可是……
左手，為什麼自己會出現呢？
難道他會飛嗎？
反正是怪物，手會飛也很正常。
為什麼你們就認定這是活寶的手呢？
說不定是活寶在長白山的老蔘爺來找尋他的孫女！
因此逼問龐貴人，她不肯招供，就被一掌釘於壁上！
WA
您說的是當真嗎？
活寶的爺爺來了嗎？
咳！我只是大膽的假設！
嘖！
說得跟真的一樣，很嚇人耶！

沙
沙
沙
石柱後面有人！
可能就是謀殺龐貴人的凶手！
我們聯手出擊！
A
TA
SA

暴龍出洞
肥龍翻江
猛龍蔽日
CRACH

結束了！
我們三人合擊，就像彗星撞地球，石破天驚！
我這一拳「暴龍出洞」足以打爆五頭鱷魚！
呵！呵！呵！烏龍三合拳，皮肉寸難全。
躲在石柱後面之人必定已經碎屍萬段了！

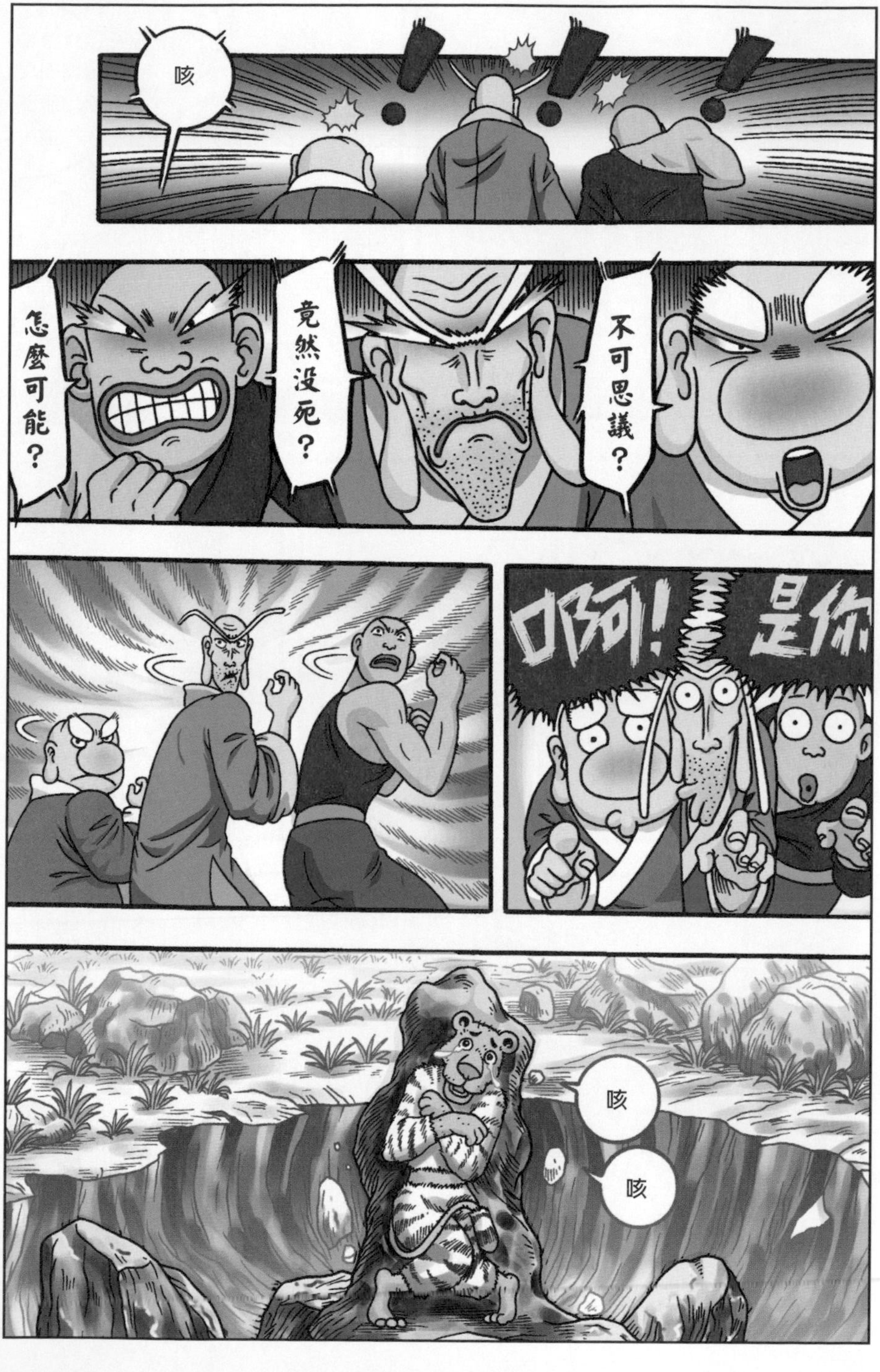
咳
怎麼可能？
竟然沒死？
不可思議？
啊！是你
咳
咳

嗚哇～～
咦？那是四小姐養的大白虎！
奇怪咧？
為什麼牠會撲向長眉哀怨哭泣？
嗚…嗚…嗚……
？
大白虎好像有冤屈向我們申訴！
POW
天哪！原來大師父賣掉的「寶貝」就是大白虎變的？
四小姐為了成全咱們取得木鑰匙，犧牲自己和林公公同歸於盡，這隻白虎就從那時候開始投靠你了？
是的，沒錯！

但是！
你…竟然為了三碗麵
就把牠輕易賤賣了！
而且！
只是三碗湯麵耶！
是又怎樣？你
有什麼意見？
我……
大師父呀！你
太讓弟子失望
了呀！
您老是說要行俠
仗義！為什麼自己
都做不到呢？
在大雪山慘死的三隻狗，
你為什麼不懲罰那兩個
屠犬痞子！
現在竟然將四小姐的
遺物如此糟蹋？
在您心目中到底
什麼才是生命的
價值？

你竟敢對我咆哮？
斬
你若動他一根汗毛，
我就和你翻臉！

哼！
傻徒弟開竅了！居然會問我生命的價值！
是你愈來愈俗氣，忘記了單純的本質！
你！
根本就不配戴著櫻的寄託！
以後就跟著這傻小子吧！
他會很用心照顧你的。
…
我？
我行嗎？
WO！

你當然行！
大師父！
我可以戴著他嗎？
不必問他！我說行就行啦！
大白虎
你願意跟著我嗎？
PON
耶！大師父！就算我暫時替你保管唄！
此地已經是盤死棋了，咱們去別處找尋答案吧！
嘻嘻嘻！

BO LO
BO LO
咳
咳
HUALALA
拉起來！

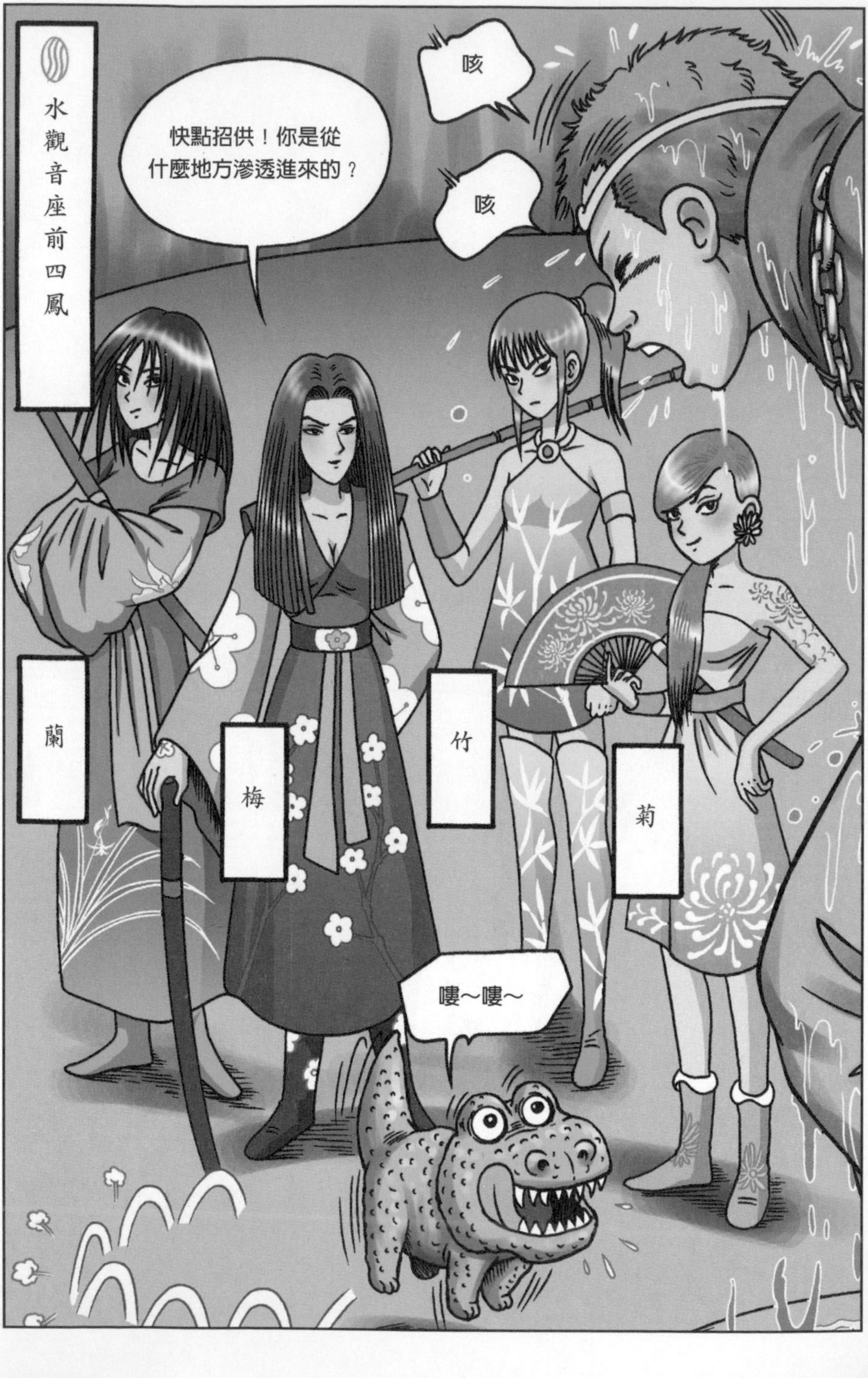
水觀音座前四鳳
咳
咳
快點招供！你是從
什麼地方滲透進來的？
蘭
梅
竹
菊
嘍～嘍～

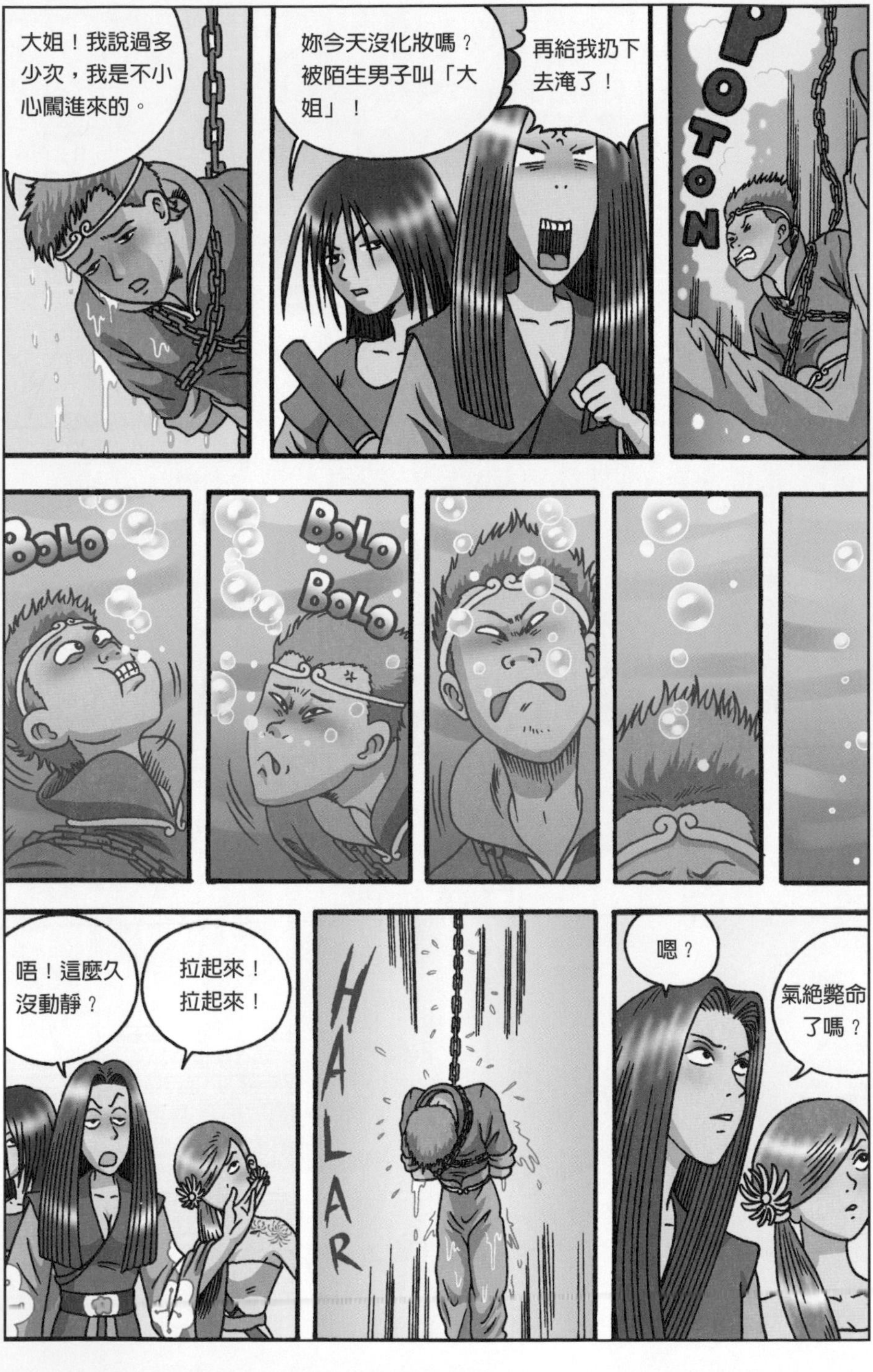
大姐！我說過多少次，我是不小心闖進來的。
妳今天沒化妝嗎？被陌生男子叫「大姐」！
再給我扔下去淹了！
POTON
BoLo
BoLo
BoLo
唔！這麼久沒動靜？
拉起來！拉起來！
HALAR
嗯？
氣絕斃命了嗎？

各位大姐！
我還沒那麼容易掛哪！
噴
把這傢伙放下來，狠狠的修理！
ZOON
哎呀！

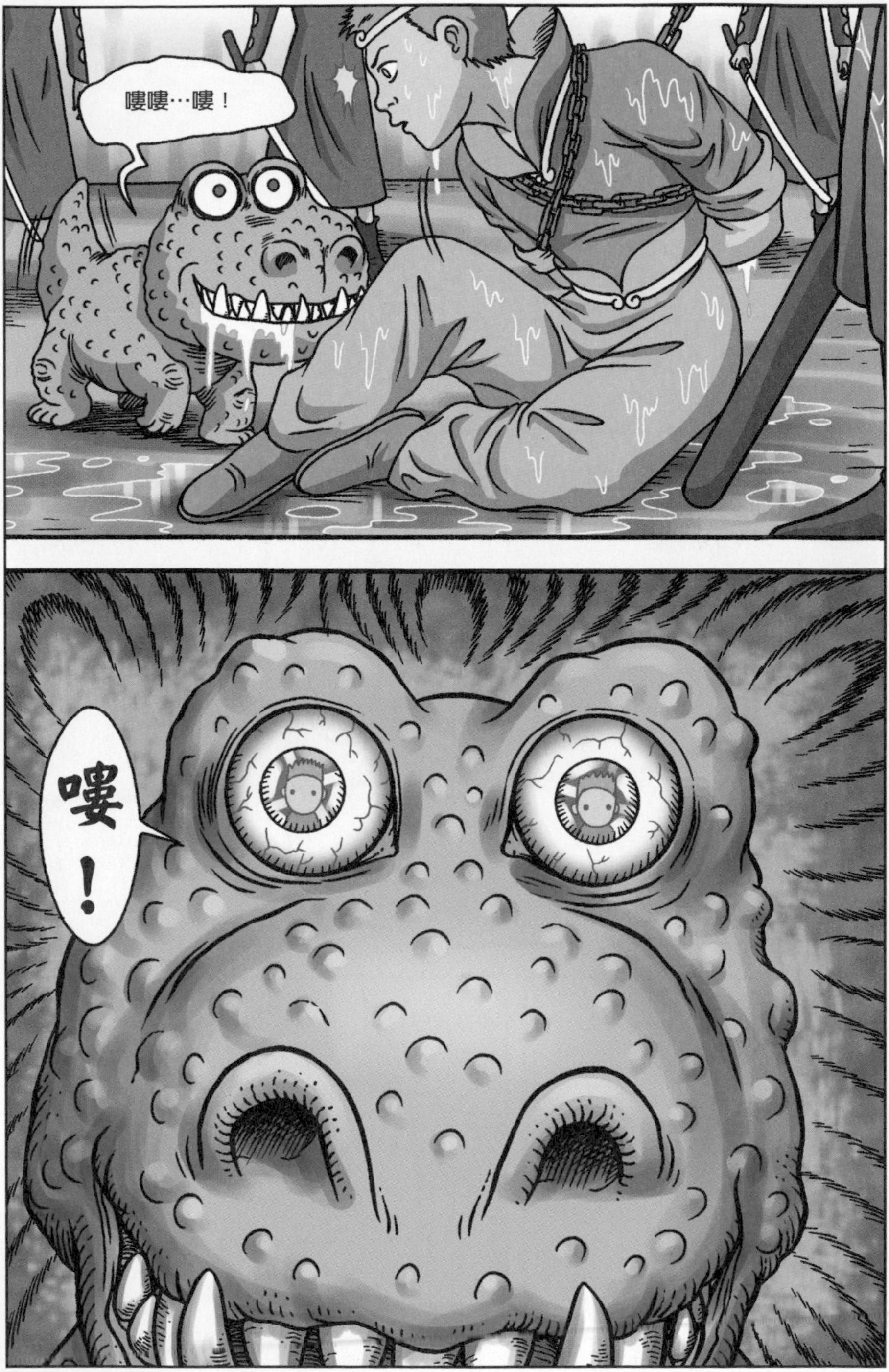
嘍嘍…嘍！
嘍！

吼！
WA
SLAM...
哇！
小白臉！你老實點！要不然把你臉皮撕下來！
快說！是不是獸區派你來臥底的？
我……我不懂你在說什麼「獸區」？
根據我的觀察，
他長得不太像恐怖份子耶！
梅姐，恐怖份子會寫在臉上嗎？

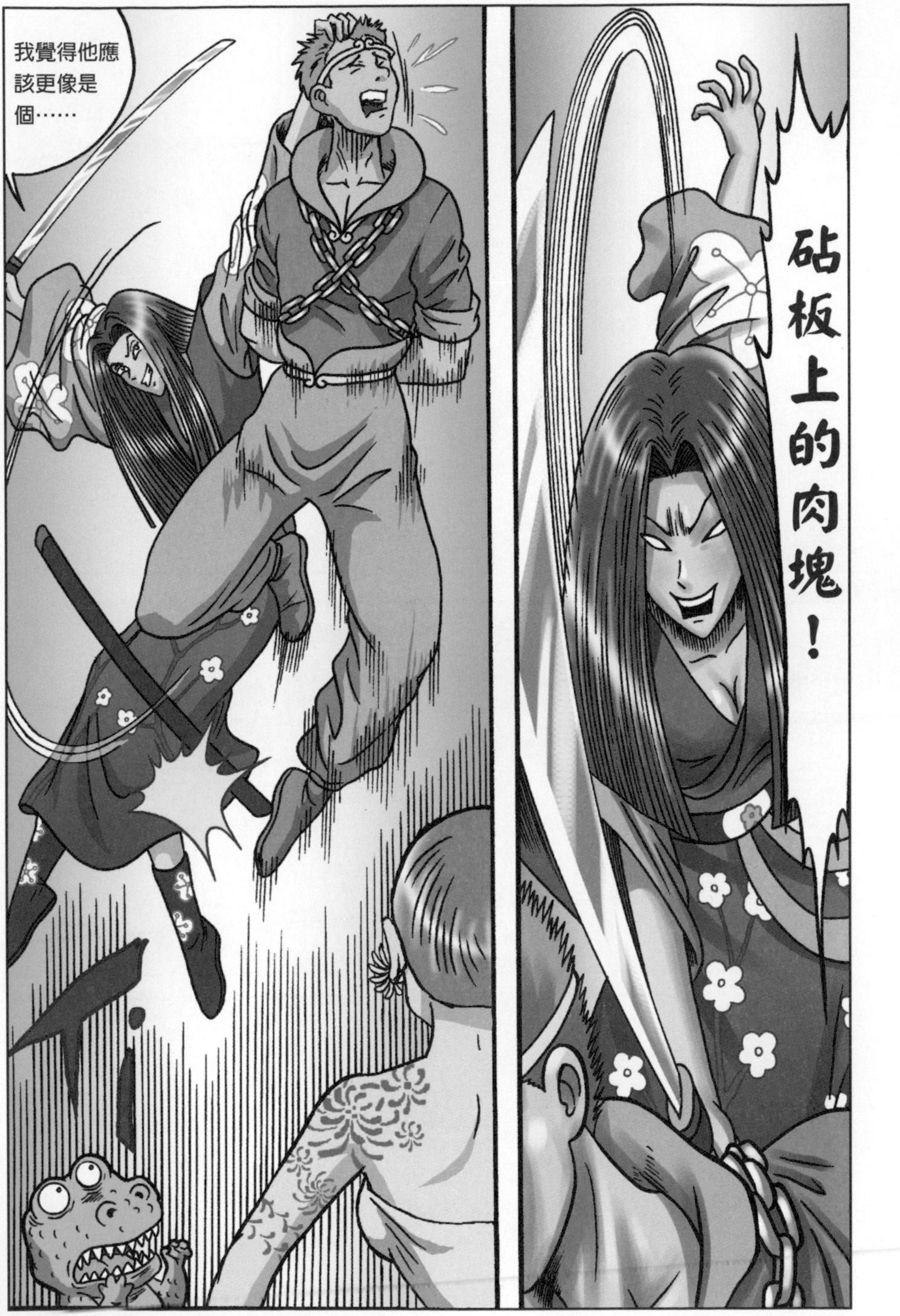
我覺得他應
該更像是
個……
砧板上的肉塊！

噢！大姐！對不起！
不小心踢到妳的小屁屁！
小白臉竟然閃過梅姐最犀利的「剁骨斬」！
野狼般的矯捷身手！
瞬間爆發力十足！
腰桿子強而有力！
你們三個還愣在一旁品頭論足嗎？還不快把他拿下！

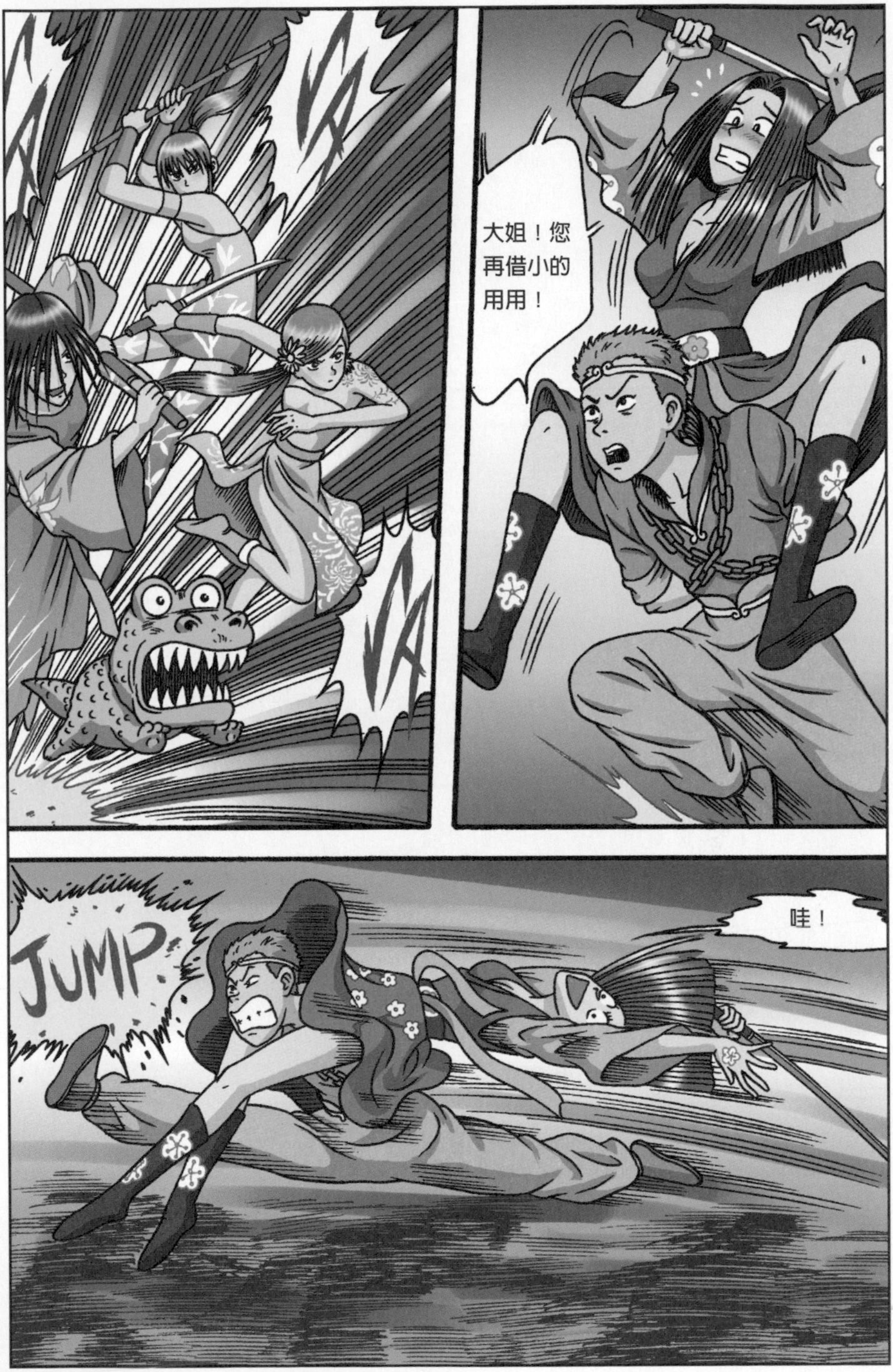
大姐！您再借小的用用！
JUMP
哇！

大姐大大…
大車輪！
KEN
KEN
KEN

Ah…
Ah…
Ah…
Ah…
丟臉了…
大姐別自責
咱們還有絕招呢！
快把他解決吧！
四鳳合擊！

怎的？
又出什麼怪招？
受不了你！
PATA PATA
沒搞錯吧？
小白臉好像要唱歌了？
咳
沒錯
接下來由我獻唱一首「活寶」主題曲！
WHAT？

黑土地裡的寶貝，
世紀無雙的尊貴。
正義之杯太易碎，
張狂野心鬼也悲。
四季寒暑多少回，
千年戰火血和淚。
為了誰？為了誰？
多少英雄去無歸。
酒可醉，心可碎，
但是誰能去贖罪？
不如歸！不如歸！
黑土地裡的寶貝。
活寶主題曲！

WONG WONG
好強的音頻，震得劍身嗡嗡作響！
歌聲像鐘鳴一樣刺痛耳膜！
簡直是瘋子，死到臨頭還飆歌！
可惜呀！可惜呀！
知音難覓！
唱的什麼怪曲子！
又不是流行歌！
誰聽得懂呀？
無所謂了！反正也不是唱給你們四個大音癡聽的。
你還真會搞笑！
這裡除了我們，你還要唱給誰聽呀？
HOHOHO
你們的主子「水觀音」！

大膽！你也配直呼我主子的名諱？
砍掉你的爛舌頭！
哼！
敢不敢跟我賭？妳若傷了我，水觀音會先拿你開刀！
小白臉，你憑什麼跟我賭？
討厭！我最討厭充滿自信心的男人！
大姐！砍下去再說！
別被他的妖言迷惑！
那是臭男生慣用的技倆！

我砍
我砍
大姐
妳要認真地考慮後果，不要怪我沒有警告妳！
其實妳心裡已開始猶豫，只是表面上裝凶罷了！
呼
呼
呼
斃了這個滿嘴油腔滑調的傢伙！

CON
CON
CON
拜見聖母！

DON DON DON DON
LEN LEN LEN LEN

第53話

煉丹師的身分印記

沙克・陽亮絕招技壓全場，活寶施妙計擺脫糾纏

聖母在問話！剛才的歌是誰在唱呀？
回聖母的話…
是那個滲透進來的嫌犯。
他唱得難聽，吵到聖母了吧！
聖母別生氣，我這就去把他斃了！
聖母交代：不許動那個唱歌的人！
誰敢動他就先斃了誰！
都是她！
對！
就是她！
「引蛇出洞」這招奏效！
水觀音親自出場了！
你是誰？
為何會唱這首絕世已久的歌？

在下是煉丹師第三十三代傳人沙克·陽！
煉丹師都已經傳三十三代了。
你們還不死心嗎？
這是祖師爺的遺願。
要世世代代的傳人誓必要追回活寶，送返秦宮！

什麼秦宮？
秦朝早已滅亡，阿房宮也化為灰燼！
煉丹師的春秋大夢還沒醒嗎？

是的。
秦已滅。
還有地宮。
但是……
地宮裡，有著等待甦醒的復活軍團！

妖言惑眾！
聖母別聽他
胡說八道！
煉丹師有自己
獨門的印記。
我要你現在就
驗明正身！
來人哪！
卸掉他的鎖鏈。

若是個冒牌
煉丹師，就將
他當場凌遲！

CLEAN!
哇！胸肌前
的黑色塊！
那就是煉丹師
獨門印記嗎？
不好意思！這不是
印記，是我的胎記！

AA
YOGA
WATA
KUNGFU
JUMP
Nana
KICK
HASO
他在幹什麼呀？搞了這麼久？
你不會去問他嗎？
妳是大姐頭，才有資格問嘛！
喂！你搞了這麼久，在幹什麼？
土包子！我這是在做熱身操！
為什麼叫我問？害我被罵土包子！
三八！妳們還敢偷笑！
嘻嘻嘻

嗯
嗯
嗯
嗯
嗯
嗯
嗯
喂！別再嗯嗯呀呀叫了！
我可沒耐性看你演戲！
快承認你是個冒牌煉丹師吧！
嗯！

啊喲！他真的嗯出一個東西來了！
那是什麼玩意呀？

哇！

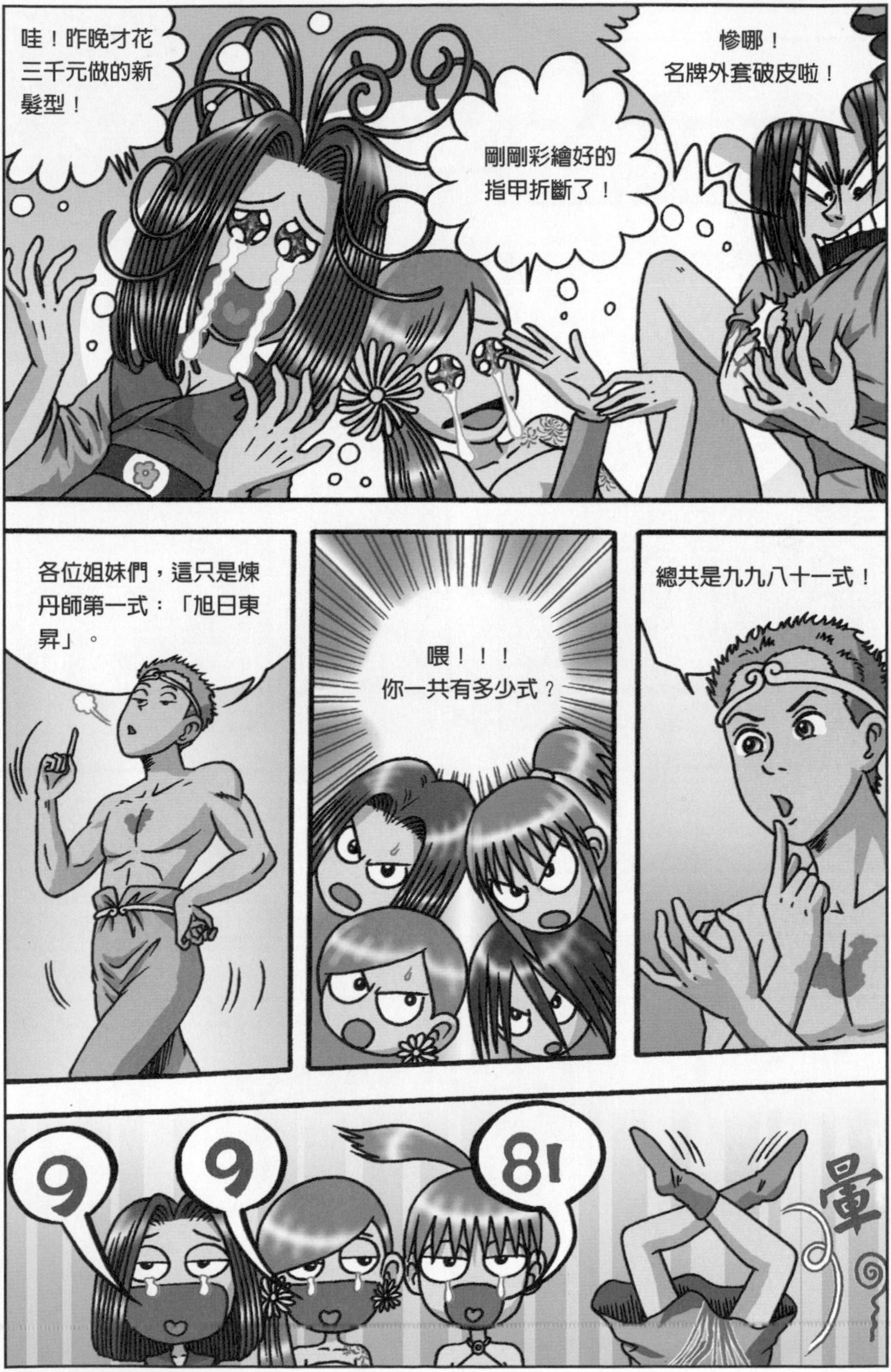
哇！昨晚才花三千元做的新髮型！
剛剛彩繪好的指甲折斷了！
慘哪！名牌外套破皮啦！
各位姐妹們，這只是煉丹師第一式：「旭日東昇」。
喂！！！你一共有多少式？
總共是九九八十一式！
9
9
81
暈

行了！我相信你就是煉丹師的傳人。
是的！多謝聖母。
…
你先暫歇在蓮花行宮，我會再找你談話。
座前四凰，你們四人好好款待貴賓。
YA！YA！YA！

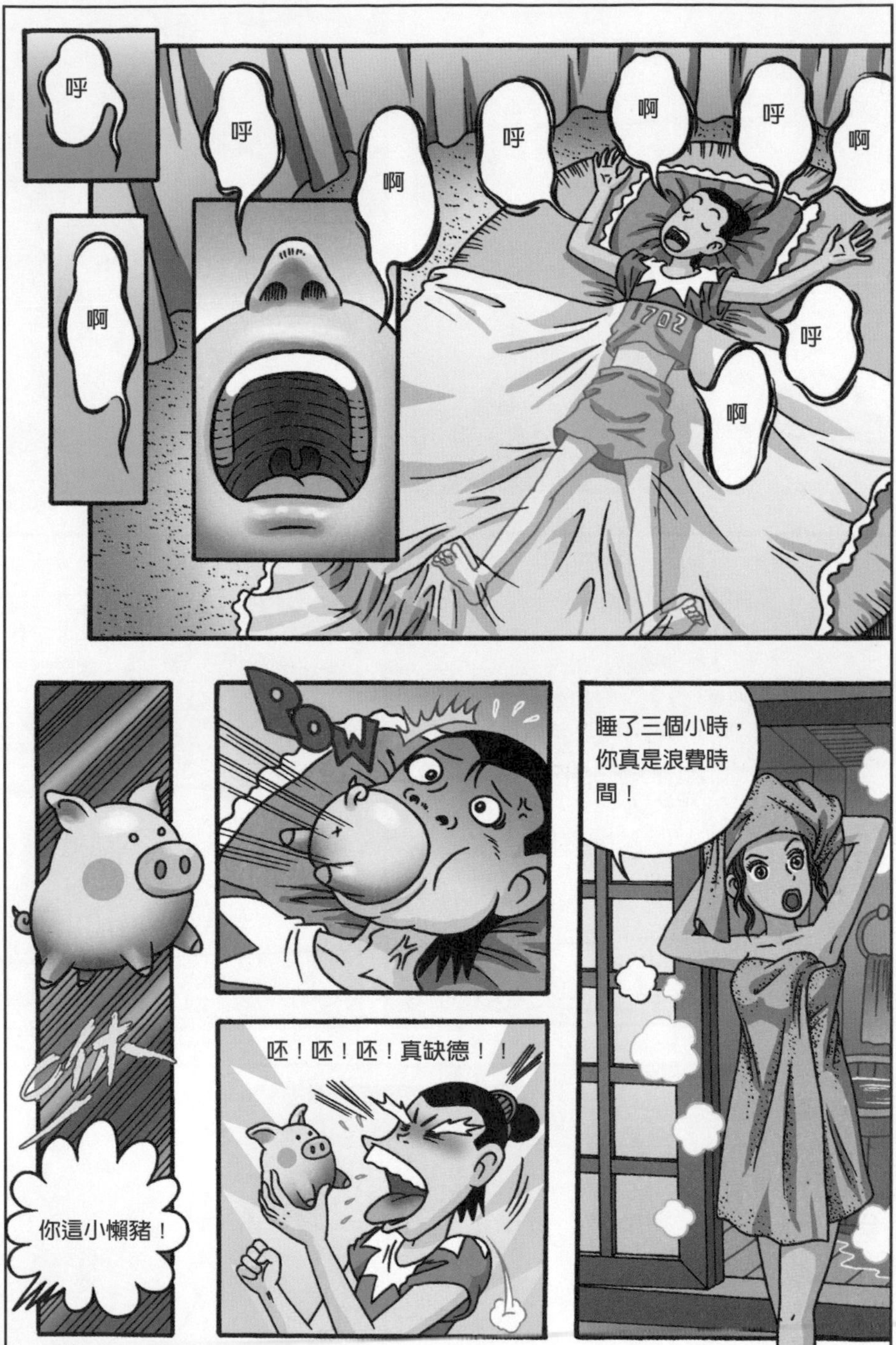
呼
啊
呼
啊
呼
啊
呼
啊
呼
啊
POW
你這小懶豬！
睡了三個小時，你真是浪費時間！
呸！呸！呸！真缺德！！

你可知道時間是多麼地寶貴嗎？
時間是多麼地寶貴呀！
是呀！是呀！
妳自己洗澡花了五個小時，還敢說我浪費時間？？
人家是女生耶！
洗得香噴噴、穿得美美地，是女人的天性！
香噴噴有什麼用啊？有沒有想過接下來該怎麼辦哪？
對喔！差點忘記了。
我還以為是來度假的哩！

我記得……
大師父常說的一句話……
他說：
與其呆坐唉聲歎氣，不如出去碰碰運氣！
Yes！
Let's go!
啊！大師父的話有如一盞明燈指引了我！

等待機會是弱智的！
對！
應該要創造機會才是大智慧！
艾飛
親愛的活寶…
怎麼了？
浴巾掉了
哇！
不要臉！被看光光啦！
Kick
喂…
又不是我弄掉的
準備主動出擊——尋找水觀音！

真倒楣，
被派來侍候
這傢伙。
嘿！
嘍
這個男的
是誰呀？
聽說是聖
母的貴賓
哪！
唷～長
得挺帥
哩！
嘻
嘻
嘿！耶！
嘍
嘍

嘿
POW
…
變
哇喔！好耶！好耶！
大姐
妳就不能堅持一下態度嗎？
各位好！
在下是煉丹師沙克・陽。
呱
向各位美女請安啦！
嘍
嘍
嗨！煉丹師是幹什麼的？
煉丹師是一種結合醫學、科學、理學、文學、數學、哲學、武學、天文學、物理學、統計學、心理學、解剖學的研究工作。

少吹牛了。
油嘴滑舌的小白臉！
嘖
就憑你還懂什麼醫學？
嘍
呱
瞧
妳的指甲顏色泛白。
這是腎虛脾燥的徵兆。
妳是不是經常口乾舌燥想喝水？
對！
妳是不是半夜頻尿想上廁所？
是呀！
一個晚上好幾次！
妳是不是過度減肥又難忍美食當前？
是。
所以妳經常狂餓一陣，又狂吃一陣！
是的！

如此暴飢暴食，造成胃酸反應異常血脈突沖，機能失控……
搞不好，妳已經……
已經怎樣了？
唉！算了！反正妳又不相信我！
我信！我信！求求你告訴我吧！
告訴她嘛！
拜託啦！
我們也想知道。
輕則胃出血、胃穿孔、胃痙攣；重則胃癌末期，快要說再見了！

慘了！我也經常亂減肥！
會不會也得了胃病？
該死的瘦身。
愈想愈可怕！
怎麼辦？怎麼辦？
快點救救我吧！
各位不用怕，
只要用了本煉丹師的藥方，保證沒事！
OH
OH
我也要！
我也要！
呵！
給我！
給我！
哎呀！兩位呀！
你們出現了！還記得我嗎？
你就是在我家門口被衛隊擊倒的！
失禮！失禮！不知道您是聖母的貴賓。

你們知不知道
那個人是誰？
把你踢暈的，
是編號1702的
男奴！
不！我指的是那個
戴著豬臉面具的女
生是誰？
福
不太熟！
應該就住在
我們附近。
我們可以
帶你去。
但是你現在
很難脫身了。
喂！別擠！
…

咳
哼
唔
嗯
呵
呵
Z
親愛的艾飛，活寶小姐！
說好要出門的，妳化妝就用了兩小時！！
快好了
你覺得這口紅顏色美不美？
在我看來都像猴子屁股。
CO
CO
CO
有人！

會是誰？
一定是衛兵又回來巡房了！
你先到衣櫃裡躲一下。
小心點！
CO－CO－
CO－CO－
嗨！
是你！
請接受我的一點心意。
喔！好美的花！
那天實在很抱歉，
大家有些小誤會！

喂！你道完歉就可以出去了。
我又沒邀請你進屋！
妳那天是不是戴著一個豬臉的面具？
什麼面具？
你大概記錯了吧！
哦！是嗎？
妳的眼睛似乎和妳性感的嘴唇不太一致！
它告訴我，妳在撒謊！

第 54 話

豬面女郎大反擊

小徒弟冒充神祕女搗蛋，煉丹師不敵受審判

你找我吧！
AAAA
SLAMP
我就是
豬面具大姐！
開什麼
玩笑？

不介意我拿下你的面具吧！
我當然介意！
腿毛這麼長！你是個「男大姐」嗎？
哎呀！

還會擒拿術？你們肯定不是這裡的人！
你少管閒事！
你們是從雪峰下來的吧！
EEEEK
耶
嗚！
可惡！
SOCK

快說出來歷！
否則
招斷你喉嚨！
咳
咳
DON

哇！還沒倒下？
你…
DON DON DON DON
喔！
叫你躲在衣櫃裡，跑出來做什麼？
看到女朋友被威脅當然要挺身而出囉！
哼！誰是你女朋友？
別自作多情了！
WA!
N.
不會吧！又醒來了？
DON!
你的腦袋是鐵殼做的嗎？

這個傢伙被衛隊
抓走，怎麼會又
跑回來了？
對呀！
他到底是什麼
人物呢？
真是個
小白臉。
連被打暈了
都要耍帥！
COCO
又是誰在
敲門？

這個人暈死在我房裡……
被他們看見肯定完蛋！
幹嘛要搬到床上呀？
快點！
聽我的！
奇怪咧？怎麼沒人應門？
他已經進去很久了。
他在裡面搞什麼鬼呀？
肯定是沒啥好事…
喂！你們倆個！
有看到煉丹師嗎？
啊！有的！
他……就在這房間裡！

煉丹師進去這房裡做什麼？
他說要找一位豬面女子！
我們只是好心幫他帶路……
他竟然喜歡「豬面女子」！
我就知道這個小白臉是變態！
噓…
我偷聽一下他在幹什麼…
救命啊！
轟

出大狀
況啦！
撞進去！
BROKEN!
怎麼了？

喂！這是發生了什麼事？
嗚咽……
1702
酷！
這名陌生男子闖進來想要非禮我……
後來呢？
我的男奴，奮勇拿尿壺將他擊倒！
噢！
沒事就好

沒想到這個煉丹師竟如此輕浮！
枉費了聖母還把他奉為上賓！
妳們剛才說什麼？
他…是個煉丹師？
嗯？
有人叫我咩？
別吵！沒叫你講話！
哇！確定是他要非禮妳嗎？

依照完美帝國律法，凡是對本國女性進行騷擾行為者，一律處以「宮刑」！
「宮刑」！有那麼嚴重嗎？
什麼是「宮刑」呀？
哇！那麼他不就變成太監啦！
⋯⋯
假戲真做了！
害人不淺哪！
拖回去交給聖母親自發落！
KICK

等一下！
喂！妳要去哪裡？
大姐！我要親自去面見聖母，控告他！
嗯？
完美帝國的女同胞絕不能受到外人的欺侮！
yes! yes!
好吧！妳就跟著我來！
多謝大姐！
妳有毛病嗎？
這是羊入虎口呀！
煉丹師一脈單傳，我有許多祕密都在他的手上！
是嗎？
我怕他供出來交給水觀音！
妳到底有多少祕密啊？

沙克．陽，你可認罪？
傻瓜也看得出來，我是被誣陷的！
聖母，他在狡辯，那個受害者在門外面候著哪！
傳她進來！
聖母要替小女子作主呀！
我不想活啦！
超會演戲的！
SOS

是這個男人欺負妳嗎？
就是他！
他燒成了灰我也認得出來！
冤枉呀！
他闖進屋裡就想那個…
接著就要那個……
胡说
後來乾脆就那個……
幸虧我及時阻止那個……
要不然恐怕就那個……
不！其實他們才是那個……
啊！
還敢狡辯那個嗎？
打爛你的那個……

坐在上面的
不是水觀音？
什麼？
你別開
玩笑吧！
!
WHAT U SAY?
我感覺不到
「左手」的
存在！

第 55 話

生命之樹的真相

感應獲知水觀音替身，潛入恐怖胚胎複製地

妳究竟是什麼人？
如果妳真是水觀音，就應該知道我是誰！
真的水觀音在哪裡？妳為何要假冒她？
啊哈！我知道妳是誰了！！
妳就是活寶！
難怪妳的脈息如此的特別！
立刻拿下他們！
上！

KICK
SA
KICK
喂！
妳別逃呀！

!
活寶當心後面！
哇！
艾飛當心後面！
好險！
完了!!
接力飛天轉！

PATA
把我當人肉盾牌嗎？
PATA
再借擋一下！
哎呀
PATA
PATA
PATA PATA PA PA
你別老是防守，要出擊呀！
噴射肉彈！

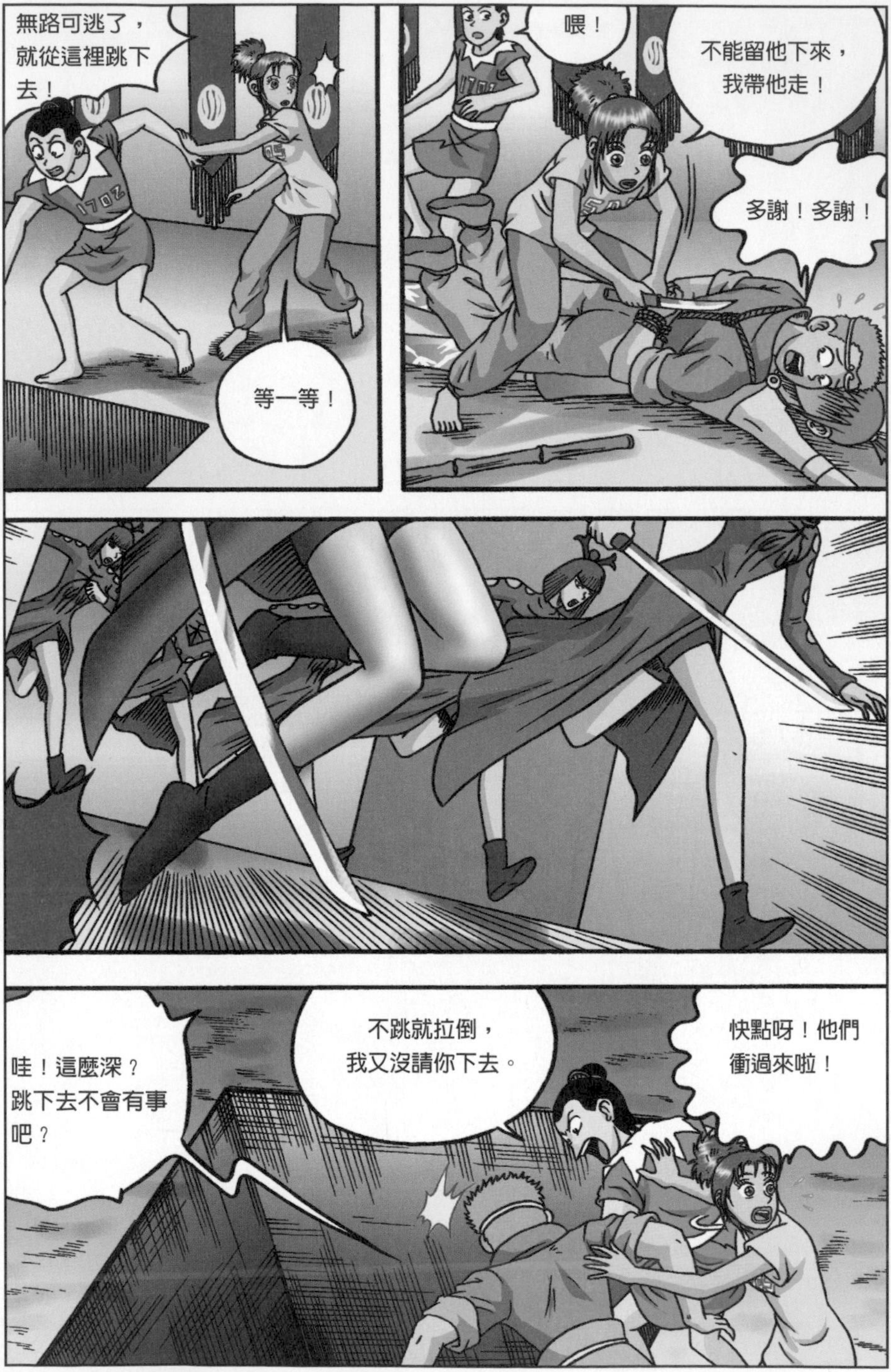
無路可逃了，就從這裡跳下去！
等一等！
喂！
不能留他下來，我帶他走！
多謝！多謝！
哇！這麼深？跳下去不會有事吧？
不跳就拉倒，我又沒請你下去。
快點呀！他們衝過來啦！

膽小鬼！
我先跳了！
喔！幸好是水觀音的軟墊接著！
PON
艾飛！
沒問題的，我可以接住妳！快跳吧！
喂！接好啦！
EEEK

他們三個跳下去了！
哇！深不見底！很危險哪！
妳是大姐，要帶頭跳呀！
大姐跳！
大姐跳！
大姐跳！
哇！
是誰把我擠下來的！！
他們追下來了！
1702
快把軟墊收起來！

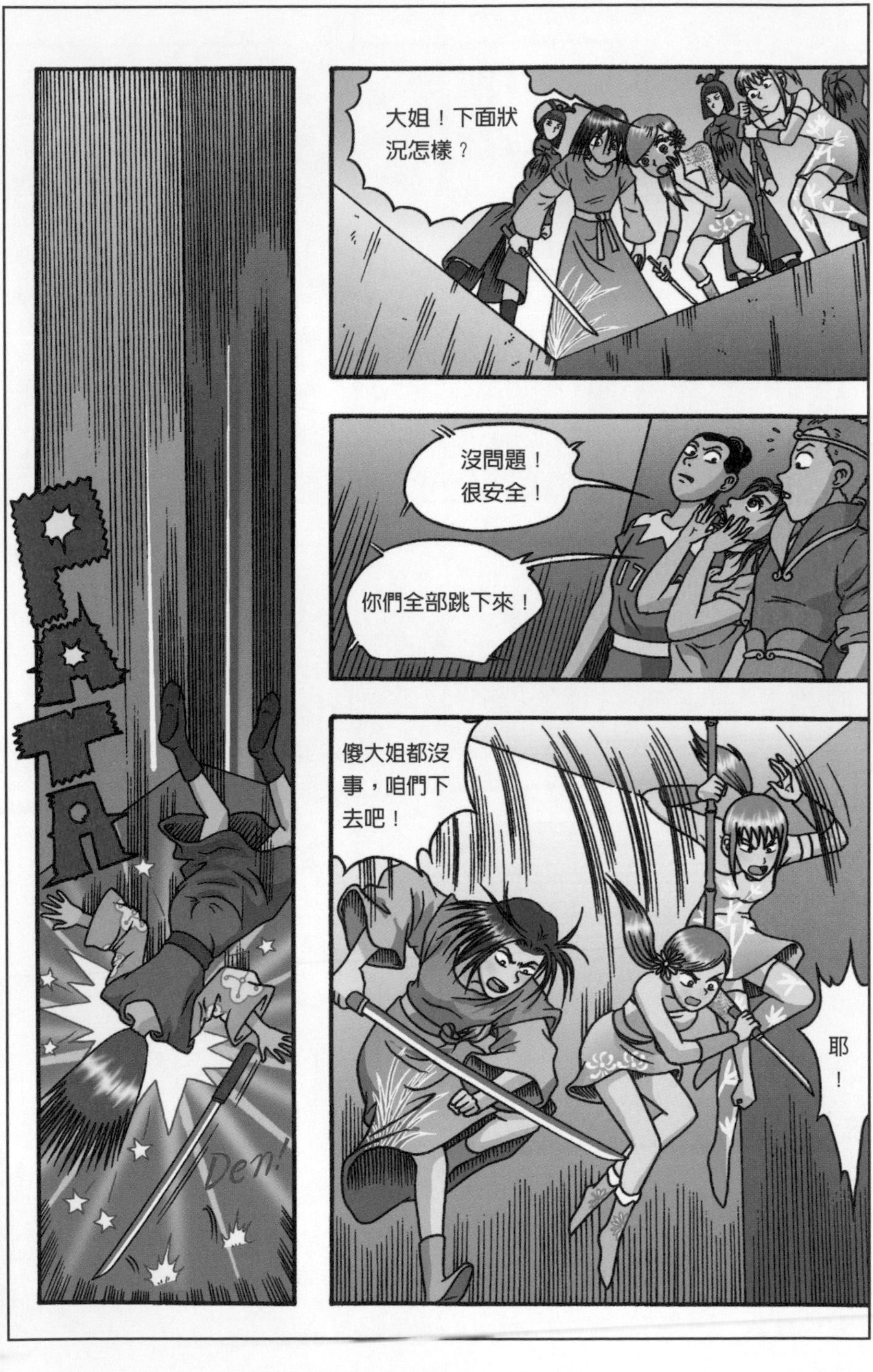
大姐！下面狀況怎樣？
沒問題！很安全！
你們全部跳下來！
PATTA
Den!
傻大姐都沒事，咱們下去吧！
耶！

我的媽呀！
嗚哇天哪！

這堵牆是
活動的！
後面肯定
有密室。
GA
用力
推開
它！
HON!
哇！
PATA
PATA
PATA
PATA
哎喲
哎喲
哎喲

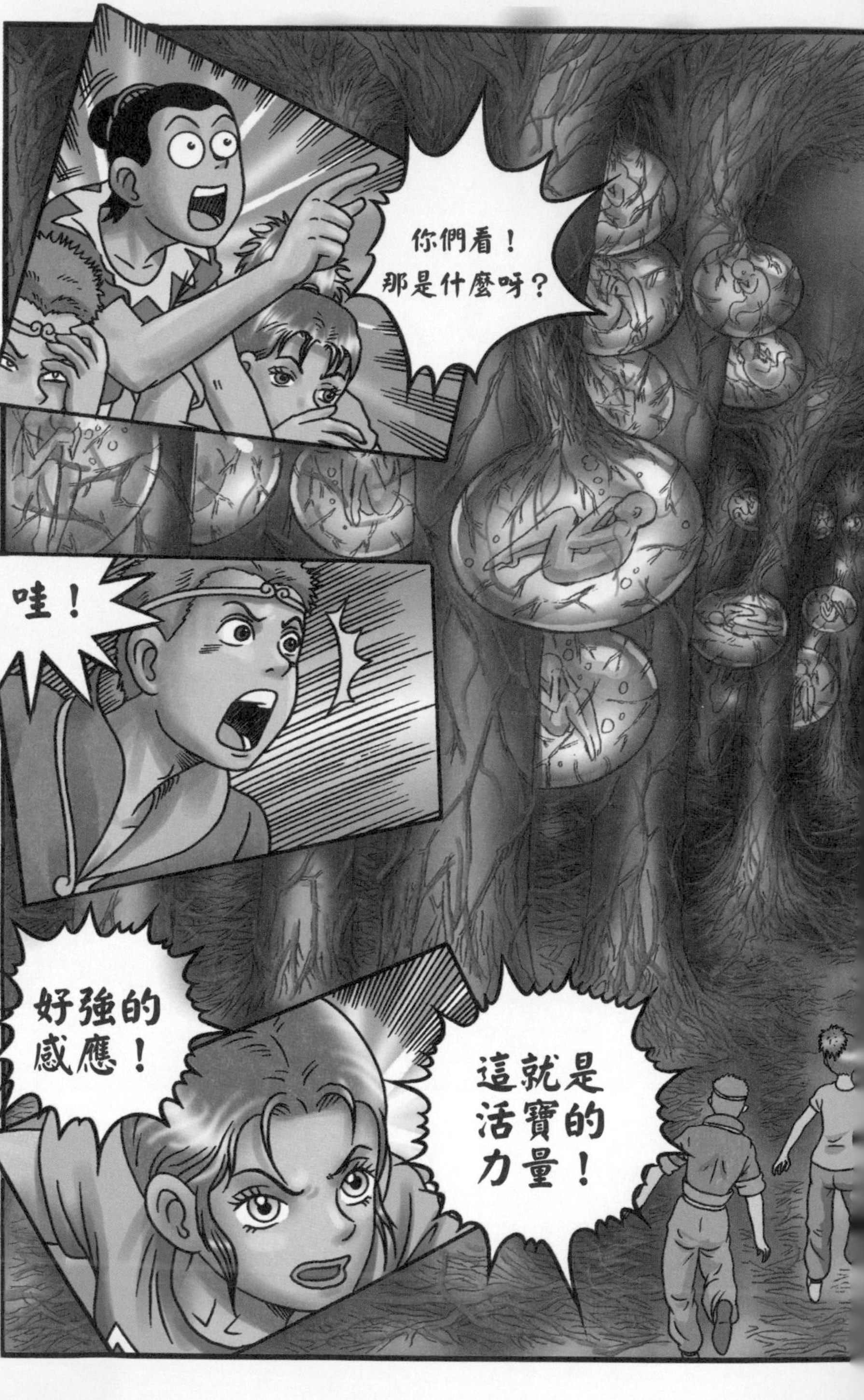
你們看！
那是什麼呀？
哇！
好強的感應！
這就是活寶的力量！

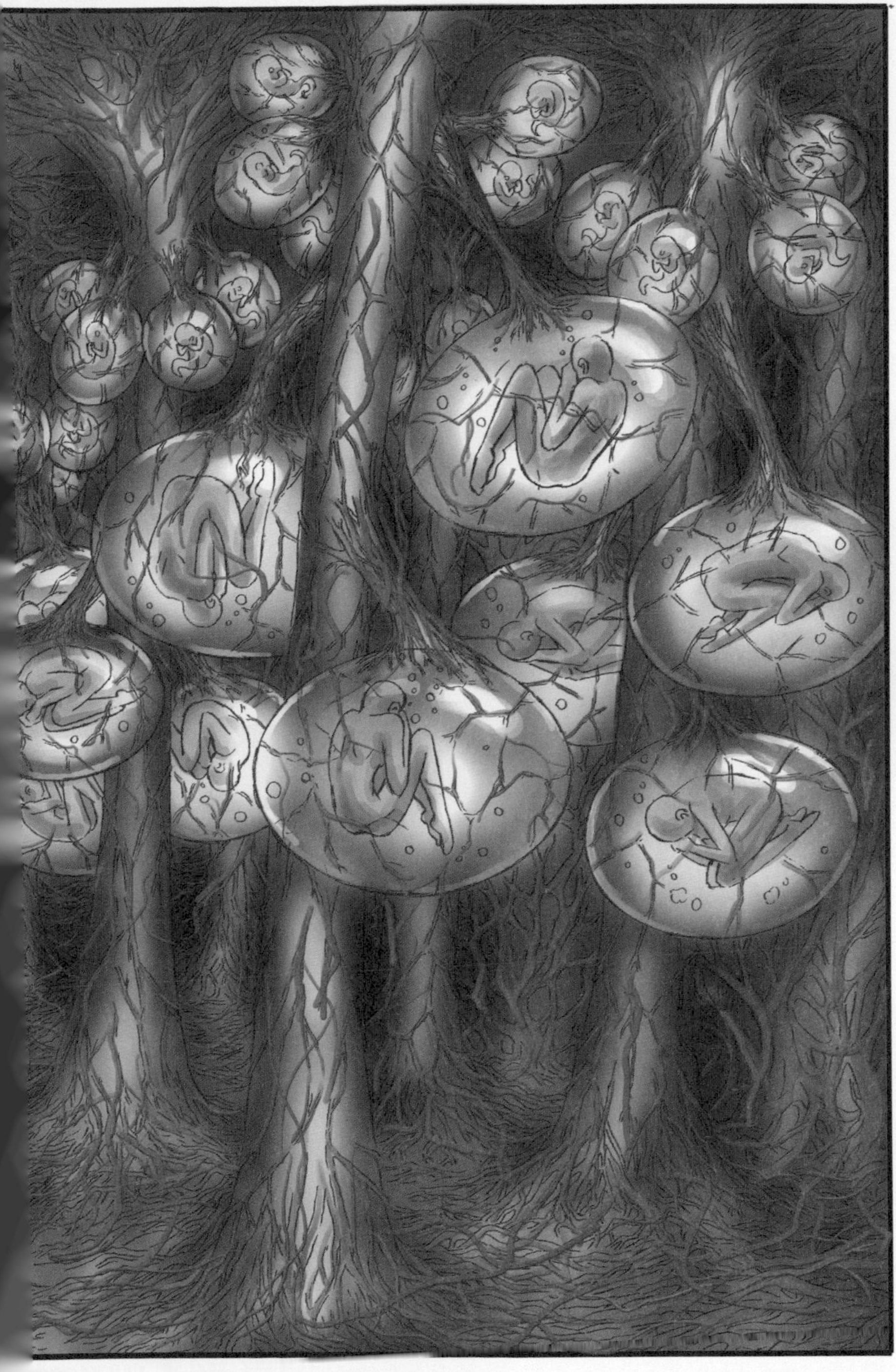

我不是在做夢吧？樹上的種子竟然長著人形？
愈說愈玄！難道這些「人」都是植物嗎？
水觀音真是天才，可以利用活寶的一隻左手形成新的生命延續！
嗯！
瞧這些樹的根莖與人類的血管完全一樣。
種子裡的人形，完全就像是胎兒在母體裡！

可是我感應到這些樹的能量非常虛弱，生命即將要枯萎了……
種子裡的胎兒都在痛苦地掙扎著，似乎急著想要來到世界上！
SOU！
哇！我的手陷下去啦！
全部都在蠕動！
它們正在吸收她的能量！
WA

快幫我拔出來！
喂！
腳不要亂踢！
KICK
別叫！
我正在用力拔！
哎喲！
SHU
SHU
SHU
SHU
掉下來啦！
掉下來啦！
!

瘦成皮包骨的異形！
令人噁心的怪胎！
好可憐的
綠色嬰兒！
好奇怪的
女生觀點！

全部都朝這邊爬過來了！
一定是感應到活寶身上有他們需要的能量！
趕快把他們踢開！
你們怎麼可以欺負弱小！
啊！
他們要來吸我的血啦！

KICK
喔！妳的玉腿也挺會踢的嘛！
一腳就踢飛了三個！
只不過現在再厲害也踢不完了！
天哪！愈來愈多！
我們被怪胎包圍啦！

對了！「無音哨」！
呼叫半形人來救我們！
現在吹有用嗎？
總比吹牛強！
怎麼會有「唏嗦」聲？
Se So!
那不是我吹的！
Seso
Seso
Seso

第 56 話

完美帝國的覆滅

負荷承載下膨脹自爆，連鎖崩塌引發大洪流

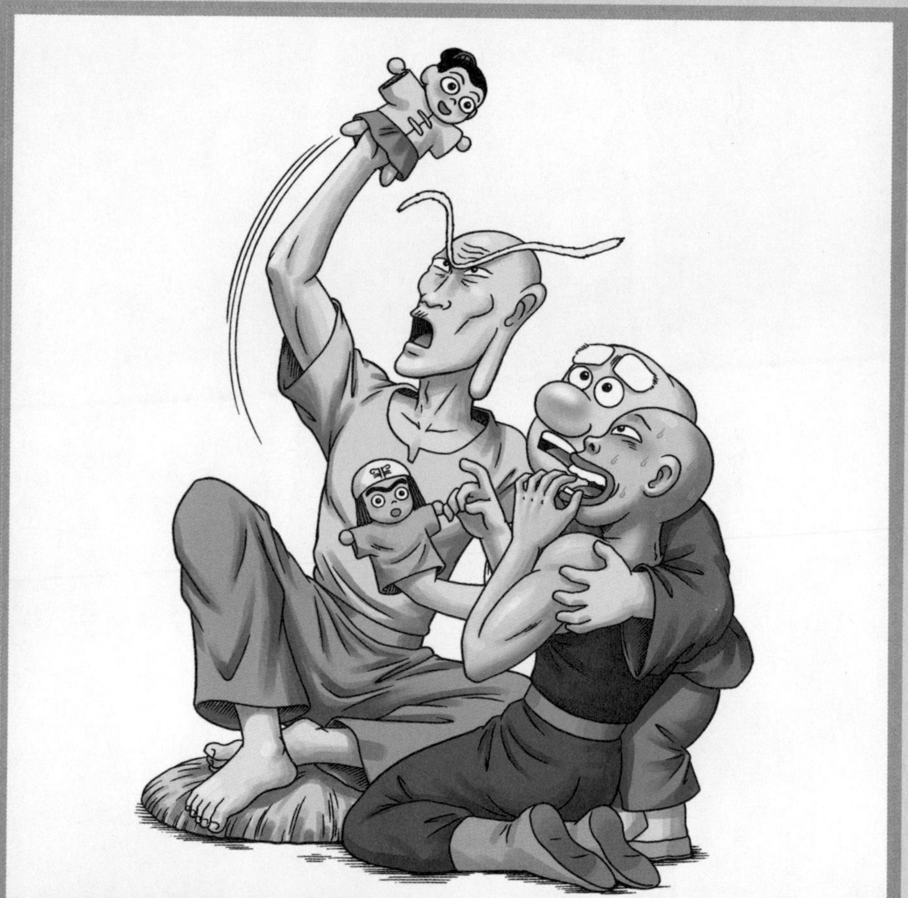

活寶！
呃
呃
呃
呃
505
艾飛！

誰來
救我呀？
愈勒愈緊了！
動彈不得啦！
HAHAHAHAHAHA
HAHAHAHAH HAH
你們真是
自投羅網！

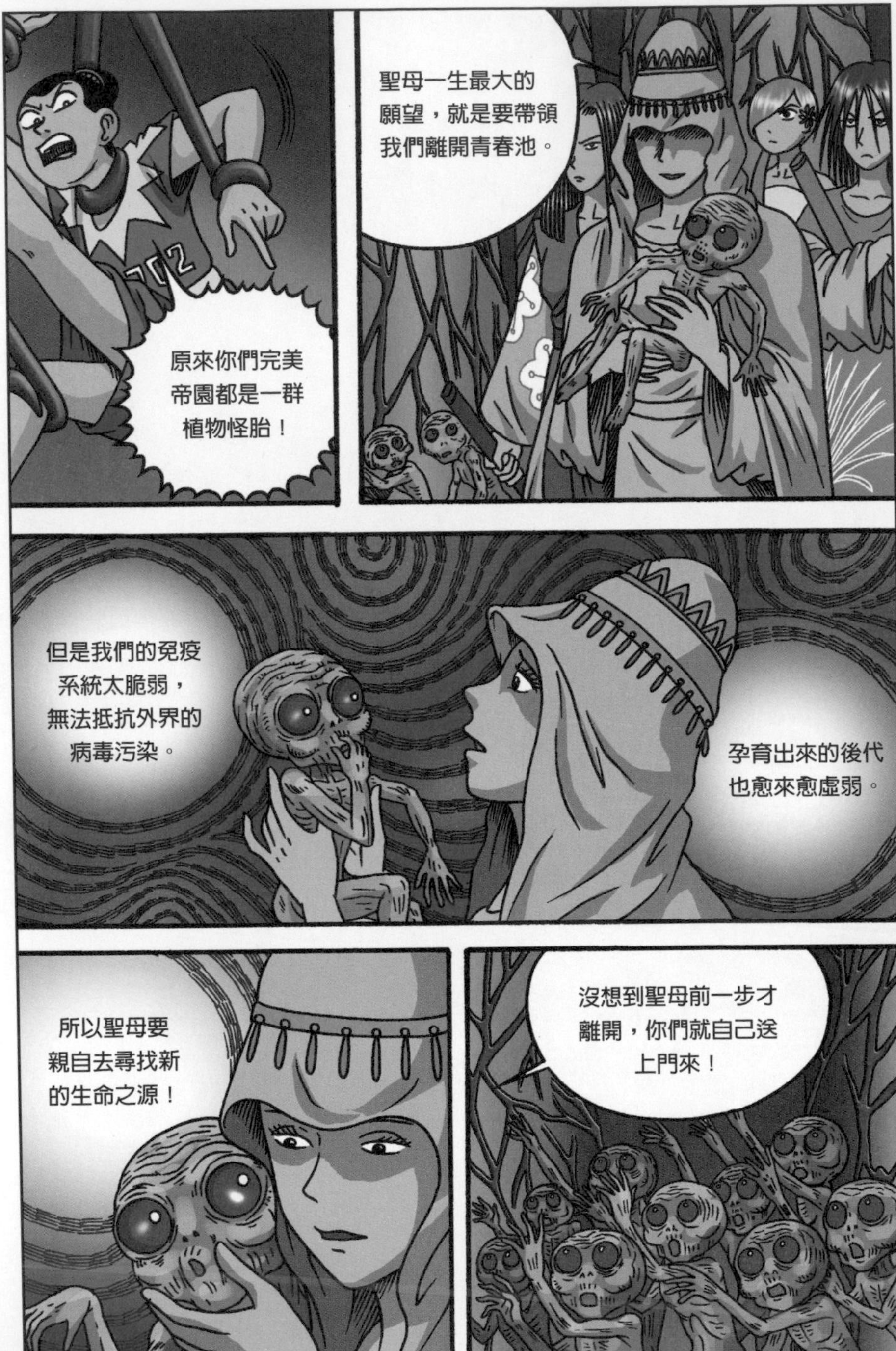
原來你們完美帝園都是一群植物怪胎！
聖母一生最大的願望，就是要帶領我們離開青春池。
但是我們的免疫系統太脆弱，無法抵抗外界的病毒污染。
孕育出來的後代也愈來愈虛弱。
所以聖母要親自去尋找新的生命之源！
沒想到聖母前一步才離開，你們就自己送上門來！

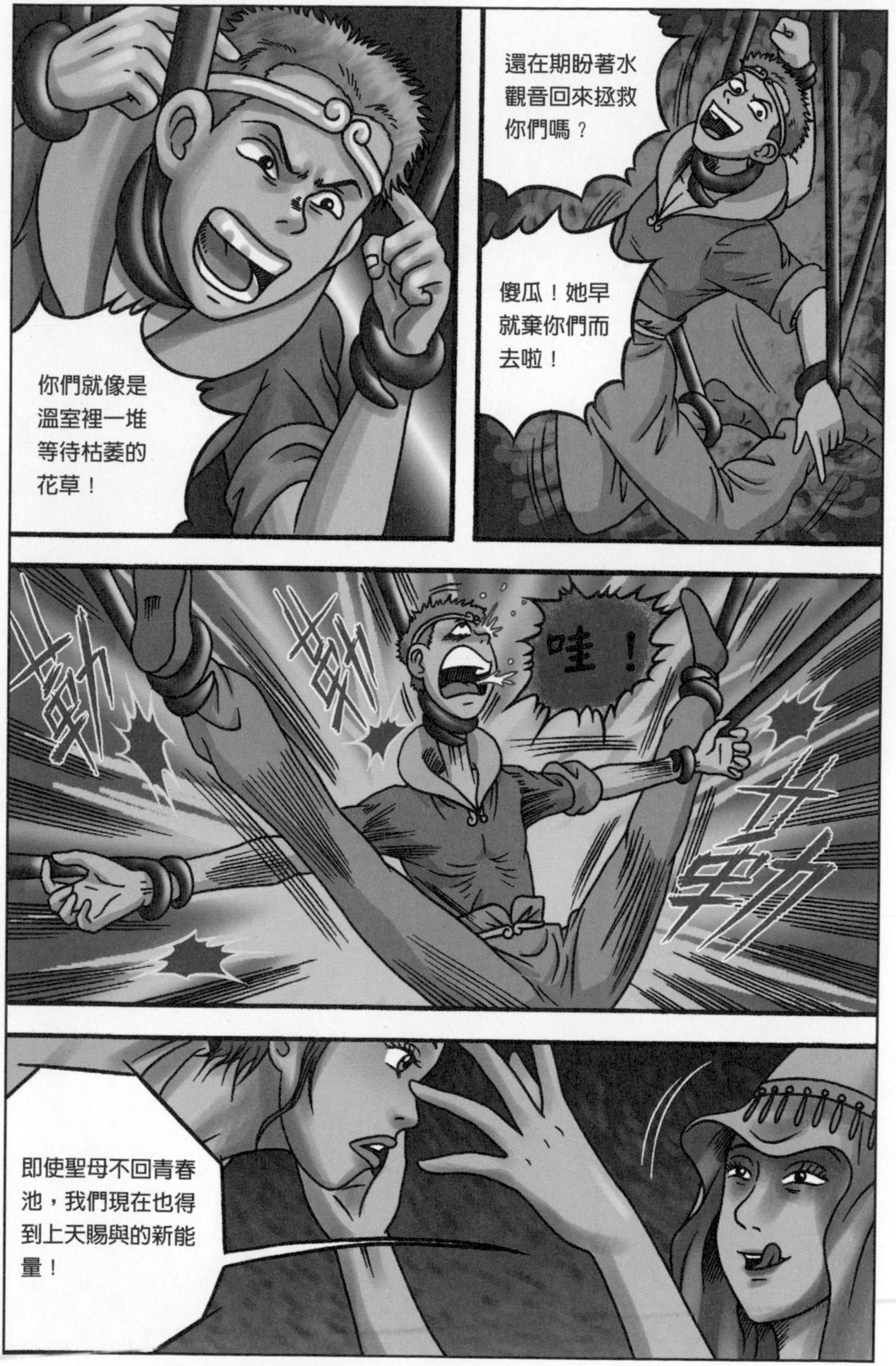
你們就像是溫室裡一堆等待枯萎的花草！
還在期盼著水觀音回來拯救你們嗎？
傻瓜！她早就棄你們而去啦！
哇！
即使聖母不回青春池，我們現在也得到上天賜與的新能量！

喂！
妳這變態！
要吸就來
吸我吧！
算了！
算了！
我沒啥
養份！

好充沛的能量，全身熱血流竄！
！
!!
嗚哇！怎麼會這樣？
PON!
WAAAA
PON
PON!
不！我的臉……
PON!
PON

就憑妳這低等
品種，也配吸取
我萬年天地精華？
也不怕一下子
補過了頭？
妳自己爆炸去吧！
喔…

活寶！完全釋放
妳的能量，讓
這些蔓籐盡情
吸收！
艾飛！
置之死地而後生，
這是最佳的機會！
釋放能量！

超厲害的
「活寶原力」！
哎呀！
膨脹得好快啊！
今天終於
見識到了！

除掉那個女巫！
哎！
壞了！
POW
哇
POW
表皮已經膨脹到超薄，像氣球一樣用力戳就破！
我咬！

喂！快點
掙脫呀！
咬
咬
咬
哇
又被卡住了
救命哪！
艾飛！
泰山式
英雄救美！
喔！
呔休

ZWA
別抓！
滑
太重啦！
Den
Den
Den
Den
Den
OH．OH

EEEK
媽呀！更多的……更多的……
他們會被怪胎吸乾的！
太滑了，我使不上力氣！
快爬上去，已經在吸我的腳了！
噴水式英雄救美
艾飛，我來也！

沖
趕緊離開，這裡會崩塌！
艾飛放心，有我在，一定保護你！
殺！

空手入白刃
AAAA
臭傢伙！把我丟在
地上還說要保護我！
哇！
哇！
哇什麼哇呀？
又不是你被踹！
哇

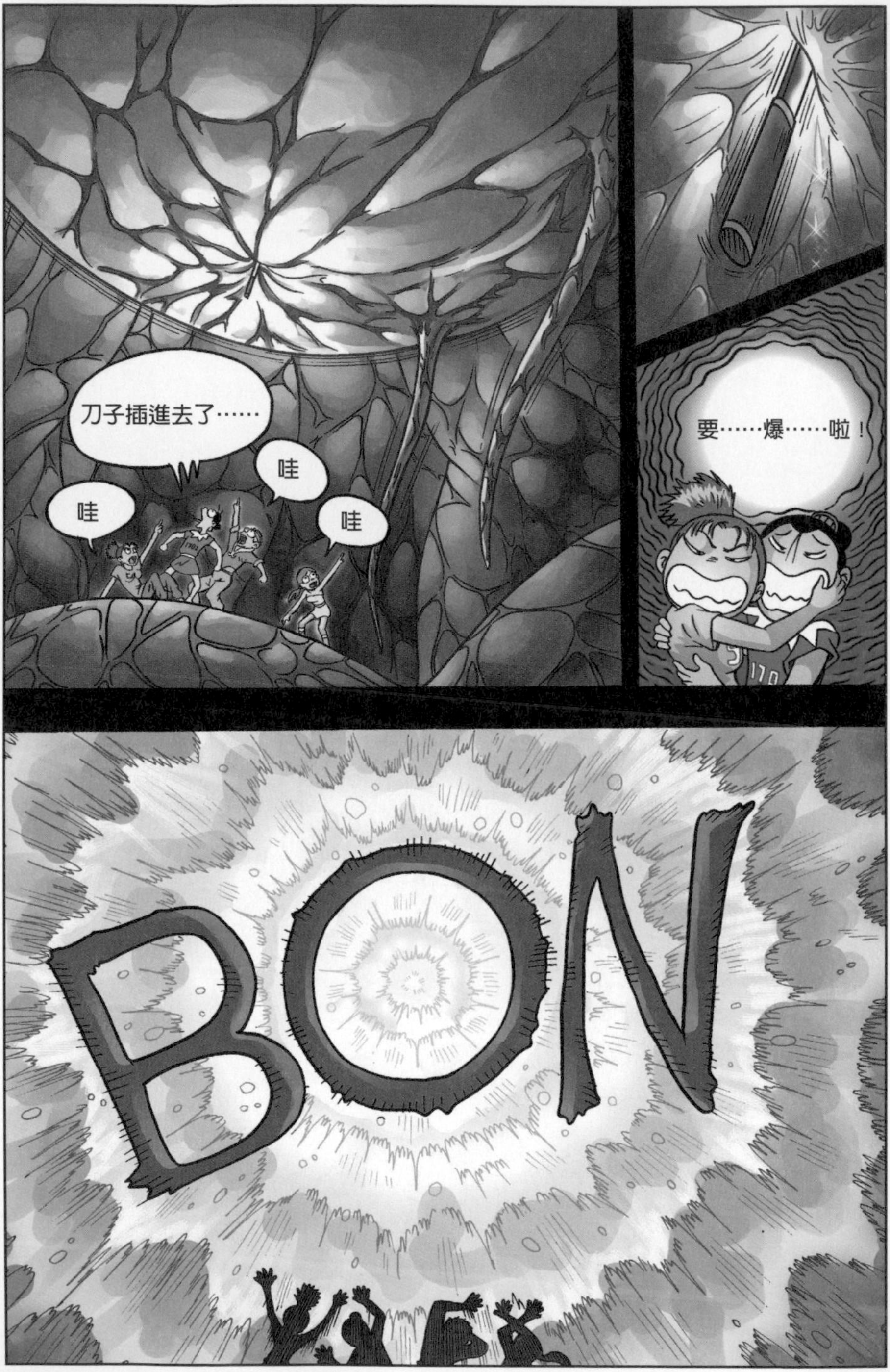
刀子插進去了……
哇
哇
哇
要……爆……啦！
BON

下集預告

在「半形人」的全力協助和掩護之下，艾飛與小師弟終於順利進入完美帝國！置身「女權至上」的帝國，小師弟因爲竊聽別人談話，差點就遭受嚴重處罰，所幸艾飛出手解圍，一切有驚無險，煉丹師的出現，卻讓局勢起了微妙變化。富婆龐貴人遭到殺害，烏龍院師徒是否能夠尋找到答案？當生命之樹和完美帝國的眞相逐漸被揭露，艾飛一行人要如何突破劣勢、殺出重圍？更多出乎意料的情節和人物，即將登場，想要解開所有謎團，千萬不能錯過下一集烏龍院精彩大長篇《活寶8》！

深刻地體會淺薄・無言中感受知音

不苦堂

每天早上起來，開始了工作。
一直做到疲累，睡在每天的深夜⋯
NN
一張一張的爬，一本一本的爬，用生命走出自己的路。
如今，出了很多的書，但是，還想做更多，更多，更多更多……

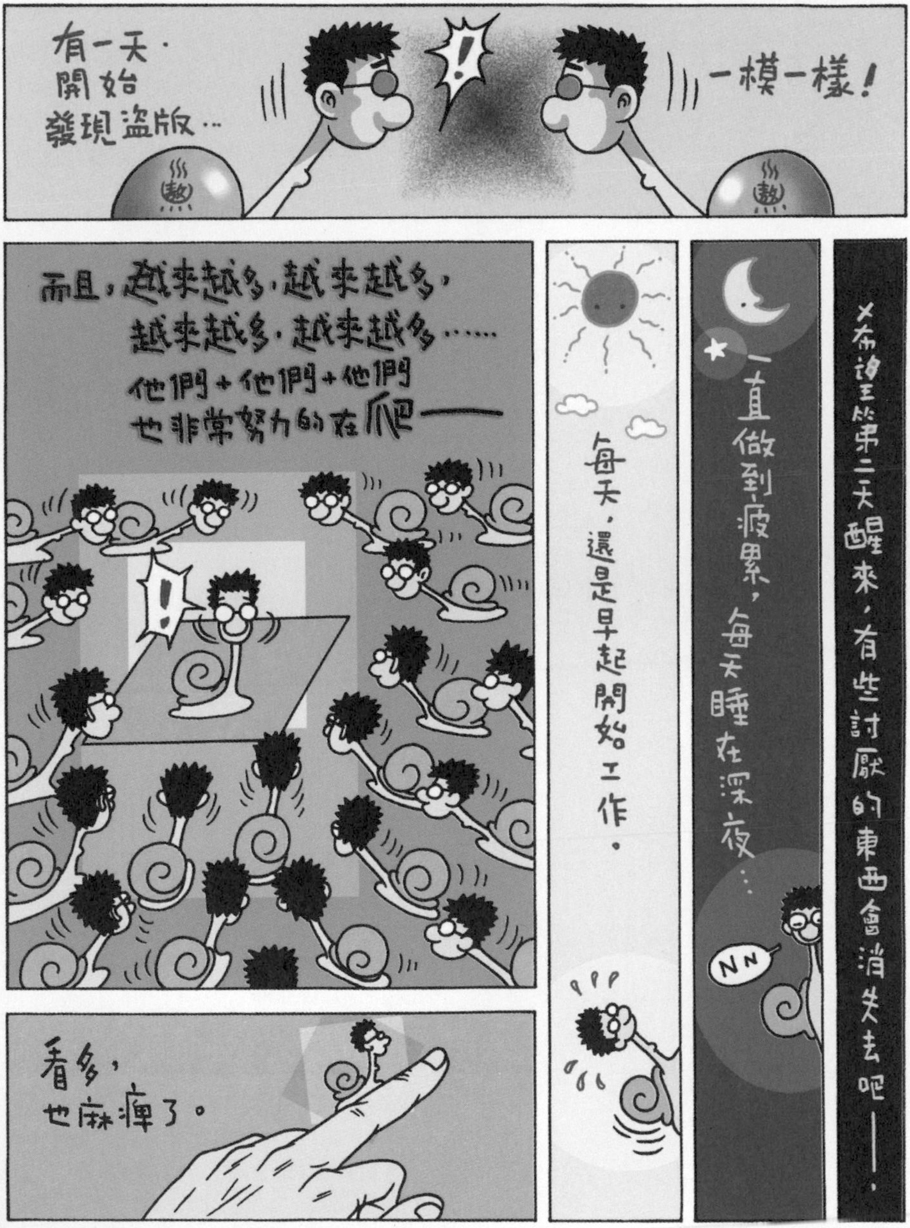
有一天·
開始
發現盜版…
!
一模一樣！
而且，越來越多，越來越多，
越來越多，越來越多……
他們＋他們＋他們
也非常努力的在爬——
!
看多，
也麻痺了。
每天，還是早起開始工作。
一直做到疲累，每天睡在深夜…
NN
希望第二天醒來，有些討厭的東西會消失去吧——。

精彩草稿

編號❶ 活寶主題曲

通常在連環漫畫裡，文字台詞寫得太嘮叨是種忌諱。但要如何才能省略繁瑣的對白，又可以讓讀者簡單易懂地瞭解內容呢？這一頁沙克．陽大唱「活寶主題曲」可以做個模範：本來也是想唱一句畫一格，可是畫出來的感覺很凌亂，又沒有特殊風味；也想過把整張畫弄成單格大圖，但是一個人站在那乏味地清唱？肯定也不行，即使是興奮的猴子看了也會睏得睡著。所以我改變思路，爲人物設計了活力動感的街舞動作，然後把分鏡當成對白框似的分列兩旁，最後把歌詞貼在醒目的畫面中央，這樣就會吸引讀者想知道，這傢伙又跳又鬧到底是爲了說啥。「活寶主題曲」的歌詞，非常重點地道出了故事的核心──突然很想聽聽，把這首歌詞配上曲調後，會出現什麼樣的眞實效果？

編號❷ 華麗的女王

每一位重要角色新登場，都得考慮該場景是否合適他的調調。「水觀音」與「牛形人大隊長」，是兩個對立的首腦，所以排場完全不一樣。水觀音是個追求完美、自認爲高貴至上的女王，她不會像牛形人領袖那樣樸實狂野，我需要爲她鋪墊許多華麗的道具，以此突顯出她的堂皇氣質。這種行徑到底是爲了自己享受還是向別人炫耀呢？如果有可能，我也希望試一次坐在加長型豪華大轎車上、十輛法拉利跑車前呼後擁……哇！光想就覺得氣派！

特別收錄

敖幼祥 2007 爆笑新作：

酷頭 & 哈妹 1

定價◎280元

敖幼祥書迷口耳相傳好評推薦

還沒看過就太遜囉！

現正熱賣中

想看酷頭調皮搗蛋？想看哈妹瘋狂搞怪？

超好笑試閱！GO！▶

1

酷頭哈妹

今天我參加了
百米賽跑！
哼一哼
你一定表現
得很神勇！
那當然，我
酷頭威風八面！
跑在前面的人，
都被我追得好慘！
去你的！
COOL

你上學幹嘛跑那麼快？
因為我記憶力不好。
這跟記憶力有什麼關係？
我剛才在家背了一篇課文，擔心在路上把課文忘了，所以得跑快點囉！
哎呀！好像已經忘了……

3

酷頭哈妹

COOL AND HOT

安靜！
HAHAHA
WA
YASA
教你們這班
真辛苦呀！
萬一我被你們氣死
了，看你們怎麼辦
才好？
我們就
放假啦！

!
您請坐吧！
呵呵！不用了，謝謝！
一定要坐，別客氣呀！
可……
可是……
可是人家要下車啦！！

啊！
又忘了寫作業！
你完了！
這回 Miss 楊一定會扭你耳朵！
哼！
才不怕她扭！
為什麼？
我已經先吃了止痛藥！
……

7

酷頭、
哈妹！
你們倆去搭炊飯的
灶台。
Yes,
Sir!
我們分工
合作。
你搬石頭，
我來指揮！
好呀！
右邊要多些！
往上堆高一點！
左邊再加
一塊！
好！
OK
REPEAT
你在蓋城堡
嗎？

酷頭哈妹

看不過癮？快去書店買《酷頭&哈妹1》好好笑個夠！

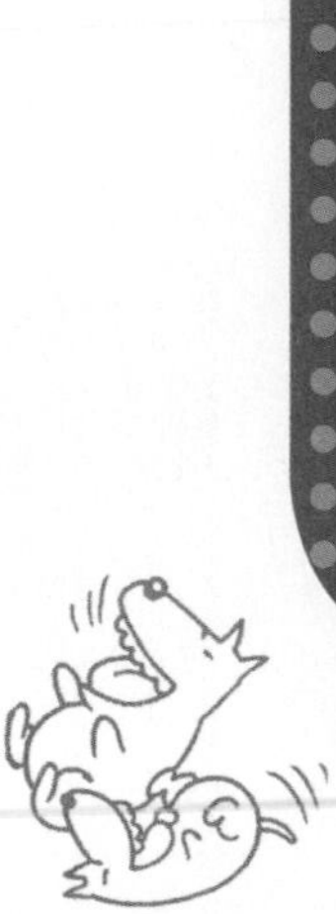

時報漫畫叢書 FT820

活寶7

作　者—敖幼祥
主　編—林怡君
編　輯—蕭名芸
美術設計—黃昶憲
執行企劃—鄭偉銘
董事長
總經理—趙政岷
總編輯—余宜芳
出版者—時報文化出版企業股份有限公司
台北市10803和平西路三段二四○號四F
客服專線—(○二)二三○六—六八四二
(如果您對本書品質有任何不滿意的地方，請打這支電話)
郵撥—一九三四四七二四 時報文化出版公司
信箱—台北郵政七九~九九信箱
時報悅讀網—http://www.readingtimes.com.tw
電子郵件信箱—comics@readingtimes.com.tw
法律顧問—理律法律事務所 陳長文律師、李念祖律師
印　刷—華展印刷有限公司
初版一刷—二○○七年七月三十日
初版五刷—二○一五年一月十九日
定　價—新台幣二八○元
◎行政院新聞局局版北市業字第八○號

ISBN 978-957-13-4710-3
Printed in Taiwan